회귀자 사용설명서

WISHBOOKS FANTASY STORY

회귀자 사용설명서 13

흙수저 판타지 장편소설

초판 1쇄 찍은 날 | 2019년 2월 20일
초판 1쇄 펴낸 날 | 2019년 2월 27일

지은이 | 흙수저
펴낸이 | 예경원

기획 | 위시북스
편집책임 | 이규재
편집 | 위시북스

펴낸곳 | 예원북스
등록번호 | 제396-2012-000132호
등록일자 | 2012. 7. 25
KFN | 제1-374호

주소 | 경기도 고양시 일산동구 호수로 646-24 위너스21II빌딩 206A호 (우)10401
전화 | 031-819-9431 팩스 | 031-817-9432
E-mail | yewonbooks@naver.com

ISBN 979-11-6424-139-2 04810
979-11-6098-877-2 (set)

※ 이 도서의 국립중앙도서관 출판시도서목록(CIP)은 서지정보유통지원시스템 홈페이지(http://seoji.go.kr)와 국가자료공동목록시스템(http://www.nl.go.kr/kolisnet)에서 이용하실 수 있습니다.

13
회귀자
사용설명서
흙수저 판타지 장편소설
WISHBOOKS FANTASY STORY
Wish Books

회귀자
사용설명서

CONTENTS

79장
부디 혁명하라

“이건 무조건 먹힐 거예요, 오빠. 장담하는데 무조건 먹혀요. 진짜 잔머리 하나는 잘 돌아간다니까? 어떻게 종교랑 이걸 엮을 생각을 했어요?”

이지혜가 감탄을 터뜨렸다.

“누구나 다 할 수 있는 생각이야. 기회가 없었던 것뿐이지. 애초에 이방인 중에 베니고어 여신 교리 외우고 있는 사람이 사제들 빼면 나밖에 없잖아. 혁명 정도는 누나도 생각하고 있는 선택지였고 대단한 건 아니지, 뭐.”

“그렇기는 하지만…… 저는 아직 제국민의 시민 의식이 이런 걸 받아들일 정도는 아니라고 생각했었거든요.”

“아냐 아냐. 제국민도 의식 수준이 꽤 높아. 그 누구보다 제국민을 사랑하시는 황실의 2황녀님께서 몇 년 전부터 꾸준히 의식 수준을 높이고 계셨거든. 상황 자체는 언제든지 터질 수 있었던 상황이었어. 단지 계기가 없을 뿐이었지."

"그렇게 판단하고 있었어요? 제국민을 꽤 높게 쳐주네요. 개인적인 견해로는 이번 일의 일등공신은 베니고어 여신 교리라고 보는데. 실제로 반응을 보면 생각보다 더 뜨거워요. 운이 좋으면 교황청까지 끌어들일 수 있으니 그것보다 더하고요."

"나도 개인적인 생각을 이야기하는 거야. 애초에 시민혁명이라는 게 그래. 이런 종류의 혁명은 대부분……."

이쪽이 잠시 말을 멈추자 이지혜가 바로 이어 말했다.

"부르주아 혁명이라는 걸 이야기 하고 싶은 거죠? 경제권은 가지고 있지만 지배권을 가지고 있지 않은 자본가들이 주도한다는 거."

"응. 맞아."

눈앞에 있는 이지혜가 고개를 끄덕이는 모습이 보였다.

입꼬리가 올라가 있는 것을 보니 그녀도 나만큼 재미있어 하는 것 같았다.

'재미없을 리가 없지.'

애초에 이지혜는 이런 상황을 좋아한다.

민중이나 일반인이 이쪽이 짜놓은 판대로 움직이는 것, 그런 것에 카타르시스를 느끼고 있으니 그녀가 권력에 심취하는 것도 무리는 아니리라.

얼굴을 추켜올리니 계속해서 말해보라는 듯 나에게서 시선을 떼지 않는 이지혜가 보였기 때문에 이쪽 역시 입꼬리를 올리며 입을 열었다.

"물론 지구에서 일어난 일과 역사를 여기에 똑같이 적용할 수 있는지는 조금 생각해야 될 문제야. 하지만 부족한 것만 채워지면 꼭 그렇게 못 하리라는 보장도 없잖아."

"부족한 게 뭔데요?"

"무력."

"아아아아. 무슨 말인지 알겠네요."

"지구와의 차이점은 역시 무력이지. 경제권만 가지고 있어도 되는 지구에서의 부르주아들과는 다르게 이쪽은 한 가지 조건이 더 붙으니까 그만큼 더디게 느껴졌을 뿐이야."

"이곳에서의 부르주아 계급은 경제력에 무력까지 플러스해야 된다는 거네요. 혁명 같은 게 안 일어날 법도 해요."

"내 생각도 그래. 애초에 이곳의 권력자들이 권력을 가질 수 있는 이유는 무력 때문이었다고 봐. 이곳의 기사들만 봐도 민간인 수십을 상대할 수 있다고 봐도 되는데……. 그런 상황에서 권력자에게 반항이나 해볼 수 있겠어? 사실 혁명을 위한 준비는 거의 다 되어 있었어. 실행에 옮기지 못하고 있을 뿐이었지."

"어떤 걸 보고 그런 말씀을 하시는 거예요?"

"가난, 굶주림, 불평등, 권력층과 소외계층의 격차, 자라나고 있는 시민의식. 그리고……."

"언론도 있네요."

"맞아. 언론이 결정적이지. 또 다른 이유로는 신 부르주아 계급의 등장을 예로 들 수도 있겠네. 경제권과 무력은 가지고 있지만 지배권은 가지고 있지 않은 사람들."

"이방인들."

"응."

"그 외에도 몇몇이 더 있어요. 사설 용병대라든지, 아니면 마탑에 처박혀 있는 마법사들이라든지. 오빠 말대로 혁명의 계단에 오르는 조건들은 이미 조금씩 충족되고 있었던 거네요. 모든 게 연결되지 않았을 뿐이라는 거죠?"

"내 생각이 맞을지는 모르겠지만 그렇게 생각해. 문제는 이걸 어떻게 터뜨리는가지."

그 외에도 다른 문제가 존재하기는 했다.

급진적으로 움직여야 한다는 조건이 현재로써는 가장 커다란 문제다.

자연스럽지 않은 혁명이나 개혁은 아무리 잘 치러져도 부작용을 동반하게 마련이다.

운이 좋아 이 일이 성공한다 치더라도 이 제국은 틀림없이 어떤 부작용을 떠안으리라고 생각했다.

물론 난 정치학자가 아니니 그런 건 예상할 수도 없고 쥐뿔도 관심 없다.

다가올 문제들을 예상하는 것은 내 능력 밖. 지금 당장은 이 일에 집중할 수밖에 없다는 거다.

'순식간에 끝내야 해.'

또 다른 불안요소는 바로 공화국의 존재다.

단순한 상상일 뿐이지만 만약 상황이 터진다면 제국 혁명에 숟가락을 얹으려고 할 가능성이 높다.

한꺼번에 터뜨리고 한꺼번에 몰려 들어가 해결해야 한다.

기존 권력자들과 제국민들이 아옹다옹하는 시간이 길어지면 길어질수록 외부의 압력을 받게 되는 것은 너무나도 당연한 이야기다.

카트린 공작부인, 엘리제 백작, 마를린 영애 같은 이들을 놓칠 수 있다는 것도 걱정하고 있는 문제들 중 하나였지만 이들 같은 경우에는 보호해 줄 수 있을 거라고 생각했다.

제국민에게 존경받는 귀족들은 새로운 계급으로 자리 잡게 될 것이다.

다소 억지스러울 수도 있겠지만 이들은 강제적으로라도 혁명에 참가 시키는 것이 맞다.

'그렇게 해야 돼.'

물론 그중에서도 가장 걱정되는 것은 제2황녀의 존재.

이쪽의 움직임을 눈치채고 먼저 선수를 쳐올 가능성이 있는 만큼 조심, 또 조심하여 움직일 수밖에 없었다.

'순식간에 망해버릴 수도 있어.'

반역죄로 몰린다면 제국 8좌고 용의 배우자고 명예주교고 나발이고 끝장이다. 샤를리아와 함께 황제를 만나거나 쉴 새 없이 캠프를 돌리며 정치 싸움을 거는 이유가 바로 그것이다.

당장은 시선을 돌릴 수 있겠지만 한계가 찾아올 수도 있다고 생각했다.

"아, 누나. 그러고 보니까 2황녀 쪽은 어때? 뭔가 반응이 좀 있어?"

"아뇨. 꽤 조용해요. 샤를리아 쪽 적폐 늙은이들이 들고 일어선 걸 해결하느라 바쁜 건지 아직 관심을 가지고 있지는 않은 것 같았는데……. 생각해 보니 이상할 정도로 조용하네요. 아무리 외곽부터 조용히 작업하고 있었다고 한들, 자기 욕하는 것도 귀신같이 캐치하던 여자가 조용히 있는 것도……."

"그렇지? 당장에라도 숨통을 끊으려고 달려들 것처럼 말한 것치고는 이쪽에 대한 압박이 줄어든 것 같은 느낌이야. 사실 며칠 전까지만 해도 숨도 못 쉴 것 같았는데…… 교황청의 눈치를 보고 있는 건가?"

"그럴 수도 있고요. 아니면……."

"응?"

"그냥 단순한 제 생각인데…… 그…… 갑자기 떠오르기도 했고. 제국의 2황녀가 제국민들을 그렇게 아낀다고 하지 않았나요?"

이지혜가 뭘 말하고 싶어 하는지 알 것 같은 느낌이 들었다.

"그럴 리가 없는데……."

"그럴 가능성도 열어두는 게 좋을 거예요."

"그건 너무 억측 아니야?"

"저도 그냥 멋대로 상상해 본 거예요. 어차피 물증도 없고 소설 써보자면 이런 상황을 원하고 있었을 수도 있다는 거죠. 오빠가 말한 것처럼 제2황녀 역시 이방인들이 신 부르주아 계급이라는 걸 인지하고 계획을 짰을 수도 있어요. 적어도 관심이 있었다면 여러 가지 정황을 캐치하고 있었을 거예요. 엄청나게 커진 언론만 봐도 충분히 생각해 봄직하잖아요?"

"그건 그렇지만……."

"오빠가 언론을 키우지 않았다면 할 수 없었던 생각이었겠지만…… 이미 이 신성 제국에는 여러 언론이 자리 잡았죠. 이방인뿐만 아니라 제국민도 제국 신문을 만들어서 팔고 있는데 누가 봐도 전조라고 부를 수 있는 일 아닌가? 제2황녀가 바보가 아니라면 제국 신문이 출간됐을 때부터 냄새 정도는 맡고 있었을 거예요. 심지어 이제는 마력 영상 홀로그램도 나오고 있는데. 만약에. 아주 만약에, 제2황녀가 마력 홀로그램…… 그것까지 캐치하고 있었다면 정말로 그녀가 이런 상황을 주도하고 싶어 했다고 생각해도 돼요."

"그러니까 누나 말은 2황녀가 신 부르주아 계급에 중심에 서 있는 나를 일부러 도발한 거다. 그 말이야? 억지로 조이고 위협해서 내가 이렇게 움직이기를 원했다고? 이방인들을 움직이려고?"

"소설이라고 했잖아요. 근데…… 이게 또 끼워 맞추니 말은 되네요. 애초에 제국민들과 시간을 많이 보내는 것도 그렇고……. 솔직히 오빠를 길들이려고 한 것도 조금 작위적으로 느껴지기도 해요. 당장 칼을 휘두를 것처럼 위협했지만 실상 오빠의 팔다리가 완전히 잘려 나간 건 아니었잖아요? 물론 아예 안 잘랐다고 하기에는 무리가 있지만…… 확고한 지지 세력은 건들지도 않았어요. 저는 그게 그쪽에서 오빠를 다시 끌어들일 생각을 하는 거라고 예상하고 있었거든요."

"애초에 그녀가 원했다면 나한테 직접 말을 했겠지."

"말했으면 오빠가 그걸 들어줬을 거라고 생각해요? 내가 생각해도 절대로 안 그랬을 것 같은데? 애초에 그걸로 2황녀 뒤통수나 칠 생각이나 했겠죠. 오빠 같은 쓰…… 아니, 그…… 뭐라고 표현해야 되지? 아! 멋있는 간신 같은 사람들한테는 봉건제나 절대군주제가 더 유리하잖아요. 오빠랑 저랑 잘 맞는 것 같아서 말하지만 이번에도 수 안 틀렸으면 혁명이고 나발이고 안 했을 거예요. 그냥 그 상태로 꿀이나 빨고 있었겠지."

솔직히 부정할 수 없었다. 만약에 제2황녀가 담담히 혁명에 관한 이야기를 꺼냈다면 나는 그걸 무기로 황녀의 뒤통수를 후려갈겨 버렸을 것이다.

뭔가 그럴 리가 없다고 생각하면서도 자꾸만 이지혜가 써놓은 소설 쪽으로 마음이 갔다. 슬며시 2황녀와 함께 나눈 대화들이 떠오르기 시작했다.

특히 제국 기사단 연무장에서 나눈 대화는 당시에는 별것 아니게 느껴졌지만 지금 다시 생각해 보니 의심이 가는 점이 한둘이 아니었다.

'실례가 될 수도 있지만 명예주교님에 대해서는 약간의 사전 조사를 마쳤습니다. 용에게 선택받은 자, 신성 제국의 명예주교 같은 모두가 알고 있는 타이틀보다는 조금 다른 쪽에 관심이 가더군요. 언론이라는 매체를 린델에 뿌리내리고 여러 가지 변혁을 가져온 것이 가장 인상적이었습니다.'

우선 변혁이라는 단어가 그랬다.

'자유 도시는 기본적으로 제국과 분리되어 있지만 실제로는 분리되어 있는 만큼 간접적인 영향을 받을 수밖에 없습니다. 린델에 언론이 뿌리내리고 시작한 이후, 시간이 얼마 지나지 않아 제국 내에서도 비슷한 기관이 생긴 것만 봐도 그러합니다. 당신은 기본적으로 이기적인 인간이지만 최소한의 양심 정도는 가지고 있다는 사실 역시 잘 알고 있습니다. 이유야 어찌 됐든 간에 당신이 벌인 일들이 다수에게는 좋은 결과를 가지고 왔으니까요.'

그리고 내가 벌인 일들이 다수에게 유리한 결과를 가져왔다는 평가.

'아마 제가 생각하기에…… 당신이 그런 결과물을 만들 수 있는 이유는 타인의 눈치를 보고 있기 때문이라고 생각합니다. 아뇨. 확신할 수 있습니다. 당신은 틀림없이 대중의 눈치를 보고 있는 사람입니다. 강자에게는 자신이 가진 것을 양보하지 않아도 대중들에게는 자신이 가진 것을 양보하는 사람입니다.'

대중을 위해 양보하고 있다는 칭찬 아닌 칭찬. 당시에는 싸우자는 이야기로 들렸던 말들이 조금씩 다른 의미로 느껴진다.

'칭찬이 맞으니 고민하지 않으셔도 됩니다. 명예주교님, 제국에는 당신과 같은 인재가 필요합니다. 대중의 눈치를 보는 인재가, 다수의 눈치를 보는 정치를 할 수 있는 사람이 필요합니다.'

어쩌면 이지혜의 말이 사실일지도 모른다. 점점 더 그녀의 말이 맞을 수도 있겠다는 생각이 들기 시작했다.

조금 원망스러운 회귀자가 어째서 그런 여자가 황제가 되면 안 된다고 하는지는 모르겠지만, 분명히 어떤 쓰레기 같은 놈이 중간에서 그녀를 미치게 했음이 틀림없으리라.

1회 차에서는 이런 종류의 운동이 없었던 걸 예상해 보면 아직은 속단을 내릴 타이밍이 아니긴 했지만, 언론의 빠른 등장으로 인해 상황이 바뀌었다고 생각해 보면 그리 이상한 상황도 아니다.

여러 가지 정황이 보이는 상황, 그렇지만 정확한 물증이 없으니 조심스럽게 움직일 수밖에 없었다.

물론 그 와중에도 그녀를 향한 심증은 계속해서 그 싹을 틔워내고 있었다.

마지막 경고조차 이제는 의심스럽게 들려온다.

'저는 적에게 칼을 들이는 것을 주저하지 않는 성격입니다, 명예주교님. 당신이 제국에 있어 중요한 사람이라는 것은 알고 있지만 정말로 제게서 등을 돌린다면 저도 칼을 빼들 수밖에 없습니다. 현명한 선택을 하셔야 할 겁니다.'

정말로 자신에게서 등을 돌린다는 게 정확히 어떤 의미인지 궁금해진다. 그녀가 말하는 현명한 선택이 무엇이었는지 그녀가 적이라고 규정하는 이는 어떤 사람인지, 지금은 그 어떤 것도 명확하지 않았다.

어쩌면 이렇게 해석할 수 있을지도 모른다.

만약 그녀가 정말로 원하는 게 이것이라고 가정한 뒤라면 이렇게 해석할 수 있을 것이다.

'나는 군주제에 칼을 들이미는 것을 주저하지 않는다. 하나 그대는 앞으로의 제국에 필요하다. 그대는 제국에 변혁을 불러일으켜 올 것이니 제국의 중요한 이라 해도 부족함이 없다. 만약 그대가 정말로 내 기대에, 대중에게 등을 돌린다면 칼을 빼 들 것이다. 그러니…… 부디…….'

"혁명하라……."

"네? 뭐라고요? 갑자기 뭔 소리예요. 이미 우리가 하고 있잖아요."

"씨발……."

"뭐? 왜요?"

"누나 말이 맞는 것 같아."

정확히 말하면 나와 이지혜 같은 경우에는 어쩔 수 없이 합류한 쪽이었지만…….

제2황녀, 샤를롯트 역시 우리와 같은 것을 바라보고 있었다는 것을 깨달을 수밖에 없었다.

"신성한 민주주의."

"네?"

"오스칼이라는 자가 집필한 책입니다. 아마 이기영 명예주교, 그 사람이 써내 유통한 것이 틀림없겠죠. 다들 읽어보았을 거라고 생각합니다. 읽으면 읽을수록 참으로 흥미로운 서적이라는 생각이 듭니다. 이방인들이 살던 곳에서는 이런 사상이 일반적으로 깔려 있었나 보군요. 예상하던 대로 저희 제국은 후퇴하고 있었어요."

"……."

"이방인 한 사람이 며칠 만에 완성한 이 서적이 현 제국의 체제를 전면으로 부정하고 있습니다. 조금만 생각이 있는 사람이라면 그동안 제국의 기득권이 얼마나 터무니없는 생각을 가지고 제국민을 이끌어 왔는지 알 수 있을 겁니다. 그의 말은 틀린 게 없습니다. 모든 인간은 평등하지요."

"황녀 전하께서는…… 이 신성한 민주주의에 대해서 어떻게 생각하시는지?"

"훌륭합니다. 무척이나 훌륭해요. 물론 베니고어 여신님의 교리를 바탕으로 민주화를 이끌어낸다는 생각은 조금 마음에 걸립니다. 저희가 바라는 이상과는 상충하는 면이 있으니까요. 하나 어찌 첫술에 배부를 수 있겠습니까. 지금 당장은 이게 최선이라는 것에는 저 역시 반박의 여지가 없습니다. 아직 황권 체제에 익숙해져 있는 제국민을 일어서게 하기 위해서는 여신님의 뜻이 바탕에 있어야 한다고 생각했을 겁니다. 겸사겸사 교황청의 지원을 생각했을 수도 있고요. 어떤 면에서 본다면 여신님의 교리를 끌어온다는 것은 천재적인 발상입니다."

"확실히……."

"네. 다소 부작용은 있을 수 있겠지만 그만큼 효과적입니다. 불안해하는 제국민들에게 힘을 실어주고 있을 겁니다."

"생각하고 계신 일이 잘 풀려서 다행입니다, 전하."

"이제부터 시작이지요. 네, 지금부터가 더 중요합니다."

고개를 끄덕이며 말에 호응해 오는 이들의 표정이 시야에 비쳤다.

눈 밑이 다들 퀭한 것을 보니 어제는 책을 읽느라 잠을 제대로 이루지 못한 것이 분명했다.

그야 당연했다.

눈앞에 보이는 이 작은 책은 엄밀히 말하면 제국의 최초로

유통된 새로운 종류의 성서나 다름이 없었으니까.

이방인들의 대륙에서 온 사상과 이상의 결정체가 들어가 있는 서적이었다. 물론 불순물이 전혀 들어가지 않은 것은 아니었지만 앞서 말한 대로 이는 시간이 해결해 줄 문제라고 생각했다.

당장은 제국의 현 체제를 뒤엎어 버리는 것이 최우선 과제. 아주 예전부터 조금씩, 조금씩 진행해 온 일이 이제야 열매를 맺기 시작한 것이다.

'예상이 옳았어.'

그를 궁지로 내몰면 체제를 붕괴시키려 할 거라는 판단이 옳았다.

물론 예상보다 훨씬 빠르고 급진적이었던 터라 깜짝 놀라기는 했지만 그가 유능하다는 것을 상기시켜 주는 것 같아 이쪽의 결정이 옳았다는 걸 다시 한번 확인할 수 있었다.

'최소한 6개월은 더 걸릴 거라고 생각했는데…….'

채 한 달도 되지 않아 제국 전체에 묘한 분위기가 형성되고 있다. 어떻게, 어디서부터 움직여야 할지 갈피를 잡지 못했던 자신과는 다르게 철저하게 계획하고 완벽하게 일을 진행하고 있었다.

입이 떡 벌어지지 않는 게 이상한 일이리라.

시민혁명.

오래전부터 머릿속에 들어 있었던 염원이자 꿈이었다.

생각해 보면 첫 시작은 몇 년 전 이방인 차희라와 빅터하르트의 대화를 엿들었을 때였다.

'빅터 할아버지, 우리가 있었던 곳은 귀족이고 황제고 없었다니까. 이런 예법 같은 건 배운 적도 없어.'

딱 한 마디, 정말로 딱 한 마디였다.

정말로 우연히 들었던 이야기였지만 계속해서 머릿속을 떠나지 않는 목소리. 당시 황제가 되는 것으로 생각이 꽉 찼던 머리로는 이해할 수 없었지만, 처음은 분명히 그때였던 것으로 기억한다.

황제가 다스리지 않는 나라, 귀족이 없는 나라.

'그런 게 가능한가?'

머릿속에는 의문이 가득 들어선 것은 당연했다. 물론 제국과 살을 맞대고 있는 공화국을 생각해 보면 아예 불가능한 것은 아니었지만, 애초에 공화국 같은 경우에는 사정이 더 좋지 않다고 생각했다.

특수 집단에 권력이 치우쳐진 공화국은 모든 인간의 해방을 표방하고는 있었지만, 일당독재체제로 그 총통이 무소불위의 권력을 휘두르고 있었기 때문이다.

이방인 차희라가 말한 황제와 귀족이 없다는 의미와는 다를 거라고 생각했다.

말 그대로, 이방인들이 온 대륙은 예법을 배울 필요가 없는 장소다.

'평등한 거야.'

애써 머릿속에서 지워 버리려고 한 것과는 달리, 궁금증은 꼬리에 꼬리를 물고 눈덩이처럼 불어나기 시작했다. 우연히 들은 몇 마디에 그동안 가지고 있지 않았던 이방인들의 대륙에 대한 호기심이 생긴 것이다.

답답함에 잠을 이루지 못할 때가 많았고 결국에는 이 궁금증을 해결하기 위해 움직일 수밖에 없었다.

처음은 이방인들을 성으로 초대하는 일부터 시작했다.

그곳이 어딘지, 어떻게 그런 곳이 존재할 수 있는지, 황제가 없다면 어떤 이가 나라를 통치하는지…….

하루에도 몇 번이나 이방인들과 대화를 나눴지만 질문에 정확한 답을 해줄 수 있는 자를 찾기는 어려웠다.

겁을 집어먹은 이들이 대다수였기 때문이다.

왕성에서 이방인의 대륙에 대해 논하는 것은 일종의 금기처럼 여겨졌으니 평범한 이방인이 겁을 먹은 것도 이상한 일은 아니었다.

물론 그 와중에도 알 수 있었던 기본적인 정보만으로도 충격은 컸다.

몇 년에 한 번씩 지도자를 스스로 선출하는 선거, 시민이 뽑는 대표와 탄핵, 권력에 대한 국민의 견제, 이방인의 시민혁명 역사……

신기한 것 투성이었다.

왕성의 초대된 이방인들의 이야기로 그 궁금증을 해결할 수 없을 지경까지 이르렀을 때, 황녀는 황성 바깥으로 뛰쳐나가기 시작했다.

물론 보는 눈이 많아 자유롭게 움직일 수는 없었지만 틈이 나면 이방인들이 세운 자유 도시를 둘러보고는 했다.

그들의 삶은 어떤지, 그들의 어떤 일을 하는 건지, 새로운 대륙에서 들어온 이들은 어떻게 살아가고 있는지, 궁금한 것들을 직접 확인하기 위해서였다.

솔직히 결과는 만족스럽지 않았다.

이상향이라고 상상했던 것과는 다르게 그곳 역시 가난이 존재했으며 빈민과 차별이 존재했다. 황제는 존재하지 않았지만 무력에 의해 위로 올라선 지도자들이 있었고 언뜻 보면 현 제국의 상황과 그다지 다른 게 없어 보였다.

회의감을 느끼고 돌아가려고 했을 때 눈에 보였던 것이 바로 언론의 태동이었다.

하루아침에 세상이 뒤바뀐 것 같은 기분.

타인의 눈으로 봐도 세상이 어떻게 변하고 있는지 눈에 보일 정도였다.

하위 계층에 속해 있던 이방인들이 들고일어났고 그들이 직접적으로 권력자들을 보이콧하기 시작한 것이다.

이해할 수 없는 상황이었다.

그동안 숨죽이고 있었던 이들이 하나가 되어 움직였던 것, 이야기로만 들었던 사건들이 작게나마 제국에서도 일어나고 있었다.

절대로 바뀌지 않을 거라고 생각했던 것이 천천히 뒤바뀌기 시작했다.

자유 도시 린델에 자리 잡은 거대길드 검은 백조는 다른 이방인들의 눈치를 보기 시작했고, 심지어 며칠이 지나지 않아 검은 백조의 지도자가 뒤바뀌어 버렸다.

"말도 안 돼……."

하위 계층의 이방인들은 그 어떤 피도, 그 어떤 피해도 끼치지 않고 모든 것을 바꾸어 버렸다.

'무혈혁명.'

그걸 이 두 눈으로 직접 확인했을 때의 충격은 이루 말할 수 없었다.

사건의 중심에 있었던 이에게 황녀의 시선이 쏠리는 것은 당연했다.

당시 언론이 피해자로 다루고 있었던 이기영, 아니, 언론을 움직이는 것처럼 보였던 이 이방인을 관찰했고 심지어는 황녀의 권한까지 사용해 가며 뒤를 캐기 시작했다.

왕성에 들어와 악마숭배자 이토 소우타를 색출, 캐슬락 방어전, 용에게 선택을 받고 교황청의 직위를 얻은 것으로 모자라 많은 귀족에게 사랑받고 있었던 것까지.

물론 보고 싶지 않은 것도 보일 때가 있었지만 중요한 것은 그가 어떤 사람인지가 아니었다. 그가 무엇을 할 수 있는 사람이냐가 더욱더 눈에 들어왔다.

그가 가진 가장 강력한 무기는 용이나 그가 만든 포션이 아니다. 화려한 언변이나 인맥 역시 그의 전부라고 할 수는 없었다.

그가 가진 가장 큰 무기는 바로 언론이라는 장치와 그걸 활용하는 방법이었다. 하나하나 배워간다는 생각을 할 수밖에 없었다.

린델에서 일어난 그 사건은 지쳐가던 황녀에게 새로운 희망이자 빛이 되어버렸다.

'준비가 필요해. 제국민 역시 일어설 수 있어.'

제국을 바꿀 수 있다. 그러려면 뜻이 있는 이들을 하나로 모아야 했다.

'현 체제가 부당하다고 여기고 있는 귀족, 깨어 있는 지식인.

분명히 존재할 거야, 분명히. 그를 움직여야 해. 그리고 이방인들, 그들의 힘이 필요해.'

그리고 그동안 쉬지 않고 달려오던 것이 드디어 성과를 맺기 시작한 것이다.

아직 무엇인가를 이룬 건 아니었지만 만약 누군가 기쁘냐고 묻는다면 당연히 고개를 끄덕이리라.

마침 들려온 목소리에는 기분 좋게 고개를 끄덕였다.

"기분이 좋아 보이십니다, 황녀 전하."

"네. 이제 시작이라고 생각하면서도 계속해서 기쁜 마음을 감추기는 어렵습니다."

"저…… 황녀님."

"네."

"죄송하지만 한 말씀 올려도 되겠습니까."

"죄송할 게 뭐가 있겠습니까. 말씀하셔도 됩니다, 남작."

"다름이 아니오라. 혹시나 이번 일이 끝나면…… 어떻게 하실지 궁금합니다."

"아아. 그야 여러분과 같을 겁니다. 아마 평범한 여생을 살아가게 되겠지요. 물론 어렵겠지만 아버지도 언니도 새로운 삶을 살아갔으면 합니다. 예전에 저희 어머니가 말씀하신 생활을 말입니다. 가능하다면…… 말입니다. 하하."

"황녀님, 그렇지만 항상 말씀드렸던 것처럼……."

"남작, 저 역시 다른 제국민과 다르지 않은 사람입니다. 운이 좋아 그들보다 더 교육받을 수 있었고 운이 좋아 그들보다 더 둘러볼 수 있었습니다. 이방인들에 대해 알아보는 동안 깨달을 것이 많습니다. 저는 남들의 위에 설 수 있는 사람이 아니에요. 그저 평범하게 살아가고 싶을 뿐입니다. 그대들처럼 평범한 사랑을 하고 싶고 평범한 연애도 해보고 싶습니다."

"황녀 전하다운 말씀이시네요. 하하. 혹시나 마음에 두고 계신 분이라도 있으신 겁니까?"

"하하. 그거야말로 백작부인다운 질문이십니다."

"어쩌면…… 명예주교님을 항상 지켜보시던 게……."

"하하하! 아닙니다. 그는 흥미가 가는 사람이기는 하지만 제 타입과는 거리가 멉니다. 오히려 그의 상사라고 할 수 있는 분이 조금 더 제 취향에 가깝지요."

잠깐 얼굴을 붉힌 샤를로트가 다시 말을 이었다.

"경들 앞에서 제가 무슨 엉뚱한 소리를 하고 있는지 모르겠습니다. 아무튼 오늘은 여기서 헤어집시다. 내일부터는 다시 바빠질 테니까요."

"네, 전하."

"편안한 밤 되세요, 전하."

조용히 고개를 끄덕이자 천천히 자리에서 벗어나는 이들이 보였다.

서둘러 방으로 돌아가 신성한 민주주의를 다시금 살펴보자 이전에는 미처 이해할 수 없었던 사상이 조금 더 명확하게 머릿속에 박히기 시작했다. 당분간은 이 책을 반복해서 읽느라 시간을 정신없는 보낼 것 같다는 생각이 들었다.

"제국의 주권은 제국민에게 있고 모든 권력은 제국민으로부터 나온다."

어디선가 이 글을 읽고 있을 다른 이들 역시 지금 자신과 상황이 다르지 않을 것이다.

어떤 이들은 마구간에서, 또 어떤 이들은 불이 다 꺼진 학교에서, 또 어떤 이들은 작은 촛불에 의지하며 이 책을 읽고 있을 것이다. 어쩌면 이 황성 안에서도 이 책을 읽고 있는 이들이 있을지도 모른다.

타인의 눈을 피해 서적을 공유하고 서로 토의하는, 토론하는 시간을 가지며 그렇게 민중은 계몽하고 있을 것이다.

이 작은 종이 뭉치가 혁명의 시작이요, 나아가 제국민의 빛이 될 것이다.

"그자는 천재야."

작은 책을 꽉 껴안은 채 그런 생각을 할 수밖에 없었다.

"명예혁명."

계획대로만 된다면 제국은 아무런 피도 흘리지 않은 채 한 걸음 앞으로 나갈 수 있을 것이다.

“명예혁명은 개뿔.”

“틀림없어요. 노리는 게 바로 그거겠죠. 어떤 생각을 하는지 빤히 보이네요. 혁명을 위해 들고 일어설 제국민을 안정시킨 뒤, 제2황녀와 단합한 귀족들이 기존 기득권을 압박해 체제를 바꾸자는 계획이겠죠. ‘이게 바로 제국민의 뜻이다!’ 같은 명대사 한 번 날려주고요. 그것 말고는 생각할 수 있는 게 없네요. 제국민이 피를 흘리는 걸 샤를롯트 그 여자가 바랄 리가 없으니까요.”

“듣기 좋은 소리긴 하네. 무혈혁명, 명예혁명.”

“마음에 안 드시나 봐요? 역시 다시 한번 1황녀 쪽에 붙어서 2황녀를 반역죄로 몰아가는 게 나으려나?”

“그건 안 할 거야. 원래 그런 멍청한 사람과는 같이 일하는 거 아니야. 그러니까 다른 선택지는 전부 논외. 혁명은 진행될 거야.”

“장단에 맞춰주겠다는 거예요?”

“그건 아니지. 샤를롯트가 원하는 방향과는 조금 달라. 내가 원하는 건 명예혁명이 아니라 투쟁의 완성으로 만들어지는 혁명이거든. 애초에 혁명을 시민 쪽에서 주도한 것과 제2황녀

측에서 주도한 것과는 차이가 있지. 내가 뒤통수가 얼얼해서 이렇게 말하는 건 아니야, 누나. 일이 그렇게 끝나면 샤를롯트는 분명 제국의 상징으로 남을 거야. 명예혁명이 진행되는 과정에서도 공화국이 숟가락 얹는 걸 막아야 하는 것도 귀찮은 일이고…… 시간을 끌면 끌수록 불리하다는 거지. 협상 테이블이 잡힌다는 것 자체가 무리가 있다는 거야."

"그쪽에서도 무슨 생각이 있지 않겠어요? 그냥 기분 나빠서 뒤엎어 버리려고 하는 건 아니죠?"

"단순히 기분이 나빠서 죄 없는 제국민들이 피 흘리게 할 정도로 쓰레기는 아니야. 지분이 2% 정도 있기는 한데 미비한 수준이니 다른 이유가 더 크다고 생각했으면 좋겠는데."

"글쎄요. 내가 생각하는 오빠는 그 정도로 쓰…… 아니, 멋있는 간신이니까요."

"제국의 상징은 샤를롯트가 아니라 오스칼이 될 거야."

"아아아아! 끝까지 비선 실세로 남으시겠다. 이건 좋은 소식이네요."

"솔직히 웃기지."

"뭐가요?"

"이쪽이 뭘 터뜨릴 줄 알고 제국민들이 일어서는 걸 막을 수 있다고 생각했는지는 모르겠지만……. 보여줄게. 신성한 민주주의밖에 없다고 생각한다면 오산인데……."

"언론으로 끓어오르게 한다는 건 예상하고 있을 거예요. 대비도 다 되어 있을 거고. 제2황녀는 이미지도 좋으니 미지근한 걸 터뜨렸다가는 곧바로 수습될걸요? 뭐 좋은 거라고 가지고 있어요?"

"그건 비밀. 한번 맞춰봐. 기대해도 좋아."

"어렵네요. 아직 상용화하기에는 무리가 있지만 마력 홀로그램을 쓰실 거라는 건 예상이 가는데……. 그 안에 들어갈 콘텐츠가 문제네요. 단기간에 끝내려면 대륙 전체가 끓어야 되고 민중의 힘을 하나로 모으려면 보통 내용 가지고는 안 될 텐데……. 귀족 하나가 평민들 쥐어 패는 몰래카메라라도 찍었어요? 아니면 샤를리아 평소 행실이라도 찍었나? 사실 촬영할 시간도…… 아! 하얀 씨한테 시키신 일이 그거였네요. 보이지 않는 눈이 달렸다는 것도 그런 의미고……."

"그건 정답. 그래도 내용은 말해주지 않을 거야."

"악취미네요. 뭐, 오빠가 준비한 일인 만큼 콘텐츠는 따로 걱정하지 않을게요. 그리고 민주 투사 오스칼 역할을 누가 할지도 빨리 정하는 게 좋을 거예요. 저쪽에서 준비할 시간을 안 주고 몰아치는 게 중요할 것 같으니까. 아무튼, 전 일어날게요, 오빠. 준비할 일도 있고. 아! 그리고 이건 덕구 씨한테 온 물건. 편지도 들어 있는 것 같은데 그 광년 달래러 가기 전에 한 번 읽어 봐요."

"응. 고마워, 누나."

"그리고 마를린 영애한테 온 감사의 편지 44통도 있어요."

"그건 나중에 읽어볼게."

"그럼 그렇게 해요."

슬그머니 편지를 이쪽 테이블에 두고 나가는 것이 시야에 비쳤다.

안 그래도 샤를리아를 만나러 가기 전까지 시간이 조금 남아 있었다.

덕구 녀석에게 최근에도 정기보고를 받았다는 걸 생각해 보면 아마 이번에도 쓸데없는 내용일 거라고 생각했다.

하지만 평소와 다르게 조금 두툼한 것을 보니 뭐 다른 것이라도 채워놓은 모양이었다. 아마 어딘가의 특산물 같은 걸 거라고 생각하며 마력으로 봉인된 봉투를 찢고 녀석의 편지를 꺼내 들자 그동안 받아왔던 글씨체와는 조금 다른 글씨가 눈에 들어왔다.

[덕구 씨에게 대충의 사정은 들었습니다.]

"어?"

[그동안 여러 가지로 도움을 주지 못해 죄송합니다. 기영 씨에게

큰 짐을 지워드린 뒤, 일에 제대로 집중하지 못했던 것에 대해 진심으로 사과드리고 싶습니다.]

'김현성?'

편지를 보낸 것은 김현성이다.

조금 익숙한 글씨체라고 생각했는데 녀석일 거라고는 생각도 못 했다.

'얘가 왜 덕구랑 같이 있어?'

분명히 박덕구는 외곽에서 작업을 치고 있었던 걸로 기억한다. 민주 투사 바쿠더쿠가 되어 미친 듯이 활약하고 있을 녀석이 어떻게 김현성과 함께 있을 수 있는지 이해할 수 없었다.

우연히 박덕구를 만났다는 설명이 있는 것을 보니 사람 인연이라는 게 정말로 신기하다는 생각이 들었다.

아무튼 간에 녀석의 편지를 읽으니 무언가 사연이 있었던 모양이다.

뭔가를 굉장히 설명하려고 하는 것 같기는 했지만 사실 그런 변명은 눈에 잘 들어오지 않았다. 구구절절 사과의 말을 적은 걸 보니 본인도 본인이 너무했다는 걸 인지하는 모양이다.

진심 어린 사과의 말에는 고개가 끄덕여졌다.

바쁜 일이 있었고 녀석은 그 할 일에 최선을 다했다. 물론 겨우 이 정도로 가지고 있던 찝찝한 기분이 풀린 것은 아니었지만 그나마 이해할 수 있게 됐다는 거다.

[갑작스러운 변화와 예상하지 못한 일에 조금 놀라기는 했지만, 처음부터 기영 씨를 믿고 맡긴 만큼, 끝까지 기영 씨를 믿겠습니다. 사실은 조금 다른 방향을 생각해 주셨으면 하는 마음도 있지만, 기영 씨 입장에서도 어쩔 수 없는 선택이었겠죠. 피해를 최소화하여 안정적인 정권교체를 이루어 내실 거라고 믿습니다.]

어느 정도 피를 흘리는 걸 감수할 수 있다는 건지 뭔지는 모르겠지만 아마 비슷한 의미일 것이다. 김현성 역시 완벽한 무혈혁명은 불가능하다고 생각하고 있다.

[기영 씨가 어떤 걸 걱정하시는지 예상이 갑니다. 아마 가장 걱정이 되는 건 공화국의 개입이겠지요.]

'영 맹탕은 아니야.'

[제가 도움이 될 수 있을지는 모르겠지만 공화국의 개입은 최대한 억제할 수 있도록 해보겠습니다. 부디 이 일이 기영 씨가 그리는 그림에 도움이 되면 좋겠습니다. 계속해서 신경 써주셔서 감사하고 또 죄송합니다.]

'이건 다행이네.'

확실히 환영할 만한 일이다.

이쪽의 계획에 나쁘지 않게 반응하고 있기도 했고 결정적으로 김현성이 내부의 일에 신경을 크게 쓰지 못하는 상황에 처할 수 있다는 게 가장 기분이 좋다.

전부 다 뒤집겠다고 결심했지만 민중의 성스러운 투쟁이 녀석에게 어떻게 보일까 걱정했던 것은 틀림없는 사실이다. 그런 상황에서 솔선수범해 공화국의 개입을 막는다고 해줬으니 기분이 좋지 않을 리 없다.

'좋아!'

구구절절 써내려간 편지의 끝에 내 눈길을 사로잡은 문구를 발견한 것은 바로 그때.

[편지 뒤, 또 다른 봉투에 선물이 있습니다. 아무래도 저보다는 기영 씨가 요긴하게 사용할 수 있을 것 같아 보내봅니다.]

"아니 얘는 뭘 또 이런 걸 보냈어?"

소포는 박덕구가 보낸 특산물이 아니라 김현성이 보낸 선물이었다. 허겁지겁 녀석을 꺼내본 것은 당연했다.

나도 모르게 점점 입꼬리가 올라가기 시작했다.

"굳이 이럴 필요까지는 없었는데…… 아니…… 또 무슨 이런 걸 보내고 난리야. 나 참."

[샤넬리아 에르메스의 무한의 가방-영웅 등급]

"이거 죽이네……. 키야……."

[전설적인 사냥꾼이자 가죽세공의 장인, 샤넬리아 에르메스가 수 세기 전에 만들어놓은 무한의 가방입니다. 드레이크의 가죽을 장인이 직접 마감한 이 가방은 모험가를 위해 만들어진 만큼 편리한 것은 물론, 방어구와도 같은 내구성을 가지고 있습니다. 무한의 가방이라는 이름에 걸맞게 내장된 아공간은 그 규모가 광활하며 물품 역시 매우 안전하게 보관할 수 있습니다. 행운 스탯을 +3 올려주는 부가 기능을 가지고 있습니다.]

"김현성 님, 충성 충성!"

안 그래도 필요했던 물건이었다.

덩실덩실 춤추고 싶은 마음이 자라난다.

원망스러운 마음 역시 사르르 녹는 것을 보면 역시 이기영이라는 인간은 뇌물에 약했다. 심지어 튜토리얼 던전 때 김현성이 들고 다녔던 가방보다 더 좋아 보이는 느낌이었다.

직업 특성상 여러 가지의 포션을 들고 다녀야만 했던 나에게는 꼭 필요했던 아이템. 이런 걸 갑자기 어떻게 구한 건지는 모르겠지만 현재 박덕구와 함께 이곳저곳을 싸돌아다니고 있는 만큼 야밤에 몬스터의 보물창고 같은 것을 털었을 것이다.

슬그머니 가방을 한번 매보니 확실히 어울리는 느낌이다.

심지어 가방에 손을 넣자 뭔가가 잡히기 시작했다.

'센스까지!'

안쪽에 고급 촉매들이 있었었다. 입이 떡 벌어질 정도는 아니었지만 신기한 소재가 많은 것을 보면 녀석 나름대로 엄선해 선별한 것 같았다.

입가가 계속해서 히죽히죽 올라가는 것은 당연지사.

필요한 시기에 딱 필요한 물건을 보내주니 기분이 좋지 않은 것이 이상하다. 심지어 이쪽의 계획을 무조건 밀어준다고 표현하는 것을 보면 확실히 내 눈치도 조금은 보는 것 같아 기분이 좋아졌다.

그래도 제2황녀보다는 이쪽을 조금 더 신경 쓰고 있는 것이다.

브레이크는 사라졌다.

김칫국 마시는 걸 그다지 좋아하지는 않지만 혁명 이후를 생각해도 좋을 것 같다는 판단이 서기 시작한다.

'곧바로 실행해도 문제없겠어.'

미루고 있었던 마지막 일. 신성한 민주주의의 저자, 이쪽의 대역 오스칼을 결정하는 게 사실상 마지막 조각이었다.

기왕이면 민주 투사 바쿠더쿠처럼 밑바닥에서부터 혁명을 함께 지도해 줄 사람이 필요했다.

이방인이어서는 안 되고 귀족도 조금 애매한 것 같은 느낌. 샤를리아처럼 멍청하지 않고 샤를롯트처럼 똑똑해서도 안 된다.

다시 태어날 신생제국의 지도자, 신성한 민주주의의 저자 오스칼은 적당히 머리를 굴릴 줄 알면서도 나에게 호감을 가지고 있어야 한다.

조금 대놓고 표현하자면 이쪽이 컨트롤할 수 있는 인물이어야 한다는 거다.

문제는 주변에 그런 인물이 이기영의 주변에 존재하지 않는다는 것이었다.

애초에 이기영의 인맥은 평민과는 완전히 담을 쌓았다. 알아서 좋은 인간들과 인연을 맺다 보니 자연스럽게 귀족이나 교황청의 인물들 외에는 친분있는 제국민이 없었다.

'밖이라도 나가봐야 되나?' 하는 생각을 하고 있을 때였다.

"이기영 명예주교님, 이기영 명예주교님! 화, 황녀님이 찾으십니다."

밖에서부터 목소리가 들려온 것이다.

반사적으로 문을 열자 최근에 꽤 자주 마주치는 얼굴이 시야에 비쳤다.

"아! 아리스 시녀님!"

"아…… 네?"

"잠시만, 잠시만 방으로 들어오시죠."

"네? 그게 무슨……. 아! 이렇게 아니라 샤, 샤를리하 전하께서……."

"잠깐만 시간 좀 내주셨으면 좋겠습니다. 일단 이쪽으로. 침대나 소파에 앉으시죠."

"명, 명예주교님? 저…… 소녀에게 무슨 볼일이라도 있으신지요. 저, 저…… 너무 가, 갑작스럽습니다. 명예주교님. 이, 이 일을 황녀님이 아시면…… 그, 그리고 저는 아직 마음의 준비가! 물론 어떻게 밀어붙이신다면 어쩔 수 없지만……. 저 같은 미천한 시녀가 어찌 감히……. 그러니까! 기분이 나쁜 것은 아닙니다! 그렇지만……."

무슨 엉뚱한 상상을 하는지 모르겠지만 아무래도 적임자는 꽤 가까운 곳에 있었던 모양이다.

"둘이 있을 때는 말씀을 낮추셔도 됩니다."

"네? 그게 무슨 말씀이신지……."

"곧 아시게 될 겁니다, 오스칼 님."

마치 비 맞은 강아지처럼 오돌오돌 떨고 있는 아리스 시녀의 모습이 눈에 들어왔다.

80장
아리스의 편지

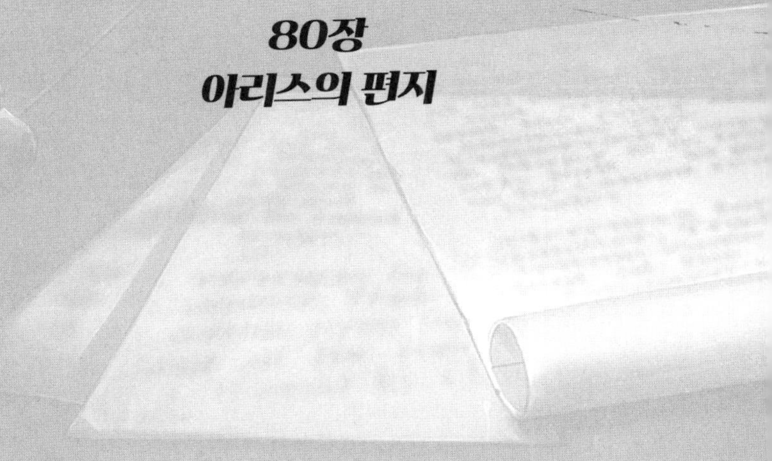

왕성에서 아리스 올림.

평안하신지요, 어머니. 아리스입니다. 조금씩 날이 추워지고 있는데 멀리 떨어져 계시는 어머니가 어떻게 지내시고 계시는지 궁금하기만 합니다. 동생들은 학교에 잘 다니고 있는지 할머님 건강은 괜찮으신지 집에 들어간 지 오래되어서 걱정됩니다.

아마 어머니도 부족한 딸이 어떻게 지내시고 있을지 걱정하실 거라 생각합니다. 제 걱정은 하지 마세요. 저는 잘 지내고 있고 제1황녀님께서는 여전히 저를 무척이나 예뻐해 주시니까요. 항상 일 잘하는 시녀라고 칭찬해 주시고 가끔 머리도 쓰다듬어주신답니다.

지난번에는 중요한 손님을 모시는 데 커다란 일을 해내서 황녀님께서 직접 포상을 내리실 정도였어요. 물론 저 혼자만의 힘이 아닌 다른 시녀단 여러분 모두가 힘써주신 덕분에 가능한 일이었죠. 아, 사실 오랜만에 편지를 보낸 것은 어머님께 말씀드릴 일이 있어서예요.

사실은…… 이 일을 그만둬야 하는 사정이 생긴 것 같아요. 물론 함부로 그만둘 수 있는 일은 아니지만 전에 말씀드렸던 그분께서 힘을 써주신 덕분에 나갈 수 있게 됐습니다. 아는 것 없고 배운 게 없기는 하지만 그분이 열렬히 저를 원하신다는 것을 알게 돼서……. 마음 약한 저는 어쩔 수 없이 그분을 따르기로 했답니다.

써놓고 보니 조금 오해가 있을 수도 있겠네요. 그분이 저를 첩으로 들이신다는 이야기가 아니에요! 물론 그렇게 된다면 소원이 없겠지만…… 지금 당장은 그분 옆에 있다는 것만으로도 만족하고 있습니다. 아아! 그리고 앞으로의 생활비도 계속 보낼 테니 너무 걱정하지 않으셔도 돼요. 아무튼…… 무언가 중요한 일이 시작될 것 같다는 느낌이 들어요. 제 인생이 바뀔 것 같다는 느낌도 들고요. 아직은 뭐가 뭔지 잘 모르겠지만…… 아. 이제 나갈 시간이네요. 자세한 이야기는 이후에 시간이 날 때 하겠습니다! 나중에 또 편지할게요, 어머니. 건강하셔야 해요!

린델에서 아리스 올림.

린델로 왔어요, 어머니!

이방인이 사는 자유 도시라 그런지 뭔가 신기한 것 투성이네요. 저번에 말씀드렸던 분께서 저를 직접 이쪽으로 직접 보내주셨답니다. 난생처음 그리폰이라는 걸 타봤는데 얼마나 떨리는지……. 무사히 도착해서 다행이었죠. 같이 계신 분들도 모두 착하고 좋은 분들이세요.

다들 능력 있는 마법사나 검사 같은 분들이시니 제가 이분들과 함께 있다는 사실이 믿기지 않아요. 그리고 소문이 자자한 드래곤 님도 직접 눈으로 보게 되었답니다! 정말 어마어마하게 커다랗고 위용 있는 모습에 그만 그 자리에서 다리가 풀려 버렸지 뭐예요.

사실 조금 무섭기는 해요. 드래곤 님이 아니라 그냥 현재 제가 처한 상황이 그래요. 갑자기 환경이 변하게 된다는 건 저 같은 사람에게는 익숙하지 않은 일이니까요. 마을의 자랑이라고 했던 긴 금색 머리도 짧은 단발로 잘랐고 난생처음 어울리지도 않은 검도 차보게 됐답니다.

거울을 보니 다른 사람이 서 있는 것처럼 느껴지지 뭐예요?

물론 그분께서 잘 어울린다고 말씀하셔서 안심했지만 그래도 여자다운 모습을 보여줄 수는 없을 것 같아 가슴이 아파요. 기대에 부응할 수 없을 것 같아서 불안하기도 하고요. 제가 도대체 어떤 일을 할 수 있을지 궁금하기만 하답니다.

그리고…… 이유는 모르겠지만 여기 계신 어떤 마법사님께 미움받은 것 같은 느낌이 들었어요. 작은 드래곤님도 저를 미워하고 있고요. 심지어 사제님 역시 차갑게 대하시니 어떻게 행동해야 할지 모르겠어요.

제가 뭘 잘못한 걸까요? 미움받는 건 익숙하지만 이분들과 사이좋게 지내고 싶은데 너무 걱정되네요. 역시 제 미천한 신분이 마음에 들지 않으시는 걸까요? 어쩔 수 없는 일이지만 조금 씁쓸하네요.

캐슬락에서 아리스 올림.

캐슬락에 왔어요! 그리고 오랜만에 그분도 뵐 수 있었답니다. 사실 많은 이야기를 들었어요. 여러 가지를 배우기도 했고요. 그분이 하신 말씀을 전부 이해할 순 없었지만 틀린 것 같진 않았어요. 범상치 않은 분이라고 생각했지만 그분께서 그토록 커다란 생각을 하시고 계시고 있을지는 누가 알았을까요. 베니고어 여신님께서 저희를 위해 보내주신 사자가 아닌가 하는 생각이 들 정도였답니다.

둘째 날에는 캐슬락 백작님도 뵙게 됐어요. 그분께서 제게 아무 말 하지 말라고 하셔서 조용히 있었지만 따로 방 안으로 들어가신 백작님과 그분께서 큰 목소리로 토론하시는 걸 들을 수 있었답니다.

조금 불안하기는 했지만 캐슬락 백작님께서도 그분의 말씀에 동감하고 계신 것 같았어요. 최근에 마를린 영애가 큰 화를 당한 적이 있었거든요. 무언가 약속이 오간 것 같기는 하지만 제가 신경 쓸 이야기는 아니겠죠. 결국에는 일이 잘 풀린 것 같아 다행이에요.

이야기를 들으니 카트린 공작부인과 엘리제 백작 같으신 분들도 캐슬락으로 향하시고 계신다고 하네요. 아무렇지도 않게 생각한 일이었는데 제가 생각한 것보다 일이 점점 커지는 것 같아 불안해요. 내일 중요한 연설을 앞두고 있어서 더욱더요.

열심히 할 생각입니다. 제국을 위해 힘써주시는 분들이 이렇게 많은 만큼 저 역시 최선을 다해야겠지요. 다음 편지는 다른 곳에서 올리게 될 것 같아요. 건강하게 지내셔야 해요. 오늘은 조금 큰돈을 붙이게 됐어요. 깜짝 놀라시지 마시고 아무에게도 말씀하시면 안 돼요. 나쁜 돈은 아니니 안심하셔도 되고요. 이만 줄일게요.

장소를 알 수 없는 곳에서 아리스 올림.

제가 첫 연설이 무사히 끝났다고 말씀을 드렸었나요? 정신이 없으니 써놓은 편지를 보냈는지 헷갈려요. 잘해낼 수 있을까 하는 우려와는 달리 벌써 4번째 연설을 했답니다. 무척 떨리고 걱정되기는 했지만 열렬히 환호해 주시는 분들 덕분에 용기를 낼 수 있었어요. 지금은 조금 적응이 된 것 같기도 하고요.

사실 지금까지는 그저 그분께서 시키는 대로만 하면 된다는 생각이었는데……. 최근 들어 제 생각도 조금씩 바뀌기 시작한 것 같아요. 네. 저도 그분의 영향을 받은 거겠죠. 저를 둘러싼 배경뿐만이 아니라 세상을 바라보는 눈이 넓어진 것 같다는 생각도 하게 됐답니다.

사실 캐슬락 이후로 그분을 뵌 적은 없어요. 그렇지만 그분이 제게 선물하신 책을 보면 항상 그분과 함께 있다는 느낌을 받기도 한답니다.

이것도 전부 베니고어 여신님의 뜻이겠지요? 달라진 것은 저뿐만이 아니에요. 첫 번째, 두 번째, 세 번째. 시간이 지날 때마다 사람들의 환호성이 조금씩 커지는 것 같은 느낌이 들어요. 네. 모두가 변하고 있는 거겠죠.

오늘은 오랜만에 그분이 다시 저를 찾아와 주실 것 같아요. 듣기로는 바젤 추기경님과 함께 오신다고 들었는데…… 아마 또 중요한 이야기를 하실 것 같아요. 제가 이런 자리에 있어도 되는지. 항상 그런 생각이 들기는 하지만 그분의 말씀대로라면 제가 목소리를 높일 수 있는 게 이상한 일은 아니겠죠.

편지 줄일게요, 어머니.

실리아에서 아리스 올림.

제국 8좌 분들과 회담을 가졌어요. 한 분은 자리에 안 계셨으니 7좌 분들이라고 하는 게 맞겠네요. 헤헤. 처음에 아무것도 알아들을 수 없었던 것과는 다르게 이제는 그분들이 어떤 말씀을 하시는지 이해할 수 있게 되었답니다. 공부를 하고 있던 것이 성과가 있어 다행이라고 생각했어요. 필사적으로 움직여야 한다고 생각했거든요.

매일 매일 연설을 하는 만큼 부족한 것이 있으면 안 되니까요. 물론 오늘도 연설을 할 것 같아요. 오늘은 이방인 분들을 대상으로요. 그분들께서 저를 받아들여 주실지 걱정되기는 하지만 제국 7좌 분들도 웃으며 저를 맞이해 주셨으니 이방인 분들도 틀림없이 좋아해 주시겠죠?

용병여왕님도 그렇고 무녀님도 그렇고 환영한다며 두 팔을 벌려주셨거든요. 특히 무녀님께서는 조용히 고개를 끄덕이고 가셨는데 그게 무슨 의미인지는 아직 궁금하답니다. 소문으로는 그분께서 미래를 볼 수 있다고 하셨는데 혹시 제 미래에 좋은 일이 생기는 걸까요? 어쩌면 그 분의 첩으로 들어가게 될지도! 그렇게 될 수도 있겠네요!

이 이야기를 하다가 생각난 건데 사실 그분께서 지금 황녀님과 혼담이 진행 중이라는 걸 들었어요. 네. 그 샤를리아 님이요. 샤를리아 님이 그분을 사모하고 있다는 것은 알고 있었지만 이런 식으로 움직일 줄은 전혀 몰랐어요. 다행히 그분은 샤를리아 님께 별 관심이 없는 것 같았지만요.

그 개### 죽# 버## 좋# 텐## 잉크가 엎질러졌네요. 헤헤. 별 내용은 아니니까 신경 쓰지 않으셔도 돼요.

아! 그리고 제가 저번 편지에 바젤 추기경과 만남이 있었다고 말씀드렸었나요? 네. 다행히도 바젤 추기경님과 이야기가 좋게 된 것 같아요.

애초에 그분께서는 바젤 추기경님과 워낙 긴밀한 관계라 걱정하지 않은 것 같았는데……. 예상대로 바젤 추기경님께서도 크게 고개를 끄덕여 주셨네요. 저에게 악수를 청하며 잘 부탁

한다고 말씀해 주셨고요.

이건 그분께서 말씀해 주신 건데요. 사실 이번 일이 잘 끝나면 바젤 추기경님께서 교황의 자리에 오르실 수도 있대요!

물론 이건 비밀이랍니다! 어머니! 꼭이요!

어딘가의 지하에서 아리스 올림.

어머니. 정말로 오랜만에 편지를 드리네요. 짧은 시간이기는 했지만 그동안 너무 정신없이 움직였거든요. 일이 조금 꼬이기도 했고요. 편지를 보낼 시간이 없었어요. 생활금을 저번에 크게 붙인 적이 있으니 경제적인 어려움을 없을 거라고 생각해요. 혹시나 전부 써버리지는 않으셨겠죠? 어머니 성격이라면 그럴 리가 없죠.

하고 싶은 이야기가 많지만 시간이 없어 줄여야겠어요, 어머니. 제가 무사히 지낸다는 사실만 알아주셨으면 했어요. 혹시나 해서 오늘도 생활금을 따로 붙여드립니다. 그분께서 주신 돈이니 너무 놀라지 마세요.

그리고 제가 지금까지 보낸 편지는 전부 불에 태워주세요. 그 누구에게도 말씀하지 말고요. 부탁드려요. 꼭이요. 전부 불에 태워주셔야 해요. 전부 다요!

이제는 제게 주어진 일이 무엇인지 알 것 같아요. 어머니. 정신없이 그분의 뒤를 좇는다는 게 벌써 여기까지 왔네요. 사실 아직도 어안이 벙벙해요. 그분의 말씀을 전부 이해하는 것도 힘들고 지금 뭐가 어떻게 돌아가고 있는지도 잘 모르겠지만 시간이 지나면 지날수록 이런 작은 힘이라도 도움을 줘야 한다는 사명감이 생겨요. 그분께서도 제가 변한 것 같다는 이야기를 해주셨어요. 헤헤. 물론 여전히 '아리스 님은 아리스 님이십니다'라는 말씀도 해주셔서 안심할 수 있었죠.

당연하지만 그분과도 조금 더 친밀해졌고요. 이런 말씀을 드리기는 부끄럽지만 그분과 작은 입맞춤을 할 수 있었답니다. 그분이 제게 마음이 있는 건지는 잘 모르겠어요. 사실 제 쪽에서 용기를 냈거든요. 아직도 그분의 깜짝 놀란 표정이 잊혀지지 않네요.

그동안의 일이 저를 강하게 만든 것 같아요. 평소였다면 절대로 그렇게 움직일 수 없었을 텐데……. 헤헤. 아무튼 그분께서도 그렇게 기분 나빠 보이진 않았어요. 어깨를 톡톡 두드려 주셨거든요. 그 이후에는 마법사님께 미움받은 것 같기는 했지만 저도 더 이상 제 마음을 감출 수가 없었어요.

사실 처음에는 조금 마음에 드는 정도였어요. 그분의 첩으로 들어가면 얼마나 좋을까 하는 생각이 전부였었죠. 그분은 능력도 있고 수려하시니까요. 그렇지만 함께 시간을 보내고 같은 목표를 향해 정진하는 동안 제 마음이 점점 커져 감당할 수가 없게 되어버렸어요.

아. 물론 커진 것은 그분에 대한 마음뿐만이 아니랍니다. 제국을 위하는 제 마음도 마찬가지예요. 제가 사명감을 가지게 됐다는 말을 했었나요? 네. 그때는 지금보다 더 사명감을 가지게 됐어요. 저는 미천한 신분으로 태어나 미천하게 자랐지만 세상에 미천한 삶이란 건 없었어요. 그분께서 직접 말씀해 주셨어요.

제 동생들도 저도 그리고 어머니와 할머님도 모두가 같다고. 황녀님과 저도 똑같은 인간이라고. 아주 예전부터 그분은 이걸 알고 계셨던 거겠죠. 그래서 제게 존대해 주셨던 거예요. 샤를리아와는 다르게 말이에요…….

어머니.

어쩌면 위험해질 수도 있는 일을 해야 할 것 같아요. 저뿐만이 아닌 저와 뜻을 함께하는 제 동지들 모두가 위험해질 거예요. 그렇지만 너무 걱정하지 마세요. 제 목숨을 던져서라도 어머님과 동생들이 살기 좋은 제국을 만들 테니까요. 피를 흘려야 할 때는 어쩔 수 없이 흘려야 한다고 그분께서 말씀해 주셨어요. 네. 처음에는 저도 무서웠지만 이제는 무섭지 않아요.

그분이 희생될 제국민을 위해 흘리신 눈물만큼이나 저도 제 모든 걸 던질 준비가 되어 있어요. 더 이상 그분의 눈에서 눈물이 나오게 하지는 않을 거예요. 절대로.

네. 절대로. 제 모든 걸 바쳐서라도.

저는 모든 걸 던질 준비가 되어 있어요. 제가 죽더라도 제가 제국을 위해 흘린 피는 미래를 위한 자양분이 되어 있을 겁니다.

어머니.

저는 투쟁할 겁니다, 그동안의 잘못된 상식을 바로잡고 그렇게.

민주주의를 위해. 대의를 위해. 신성한 민주주의를 위해 투쟁할 겁니다.

삼 일 후에는 절대로 바깥에 나오지 마세요.

아무것도 하지 마시고 집에 계세요. 아마 그쪽으로 제 사람들이 갈지도 몰라요. 그들이 어머님과 동생들을 보호해 줄 겁니다. 다시 한번 말씀드릴게요.

삼 일 후에는 절대로 바깥으로 나오지 마세요. 절대로요.

제국의 수도에서 오스칼 올림.

81장

혁명의 날

'시간 한번 빠르네.'

아니, 사실 조목조목 따지고 보면 그리 많은 시간이 흐른 것은 아니었다. 하지만 체감상으로는 2년 정도가 흐른 것 같았다. 주변의 많은 것이 달라졌으니 이런 기분이 드는 것도 무리가 아니리라.

아마 이렇게 느끼고 있는 것은 나뿐만이 아닐 것이다.

'샤를롯트.'

그녀 역시 같은 기분을 느끼고 있을 거라고 생각했다.

이번 일에서 가장 중요한 것을 한 가지를 꼽으라면 당연히 속도였다. 은밀하게 움직이는 것도 중요하기는 하지만 빠르게 움직이는 것이 그보다 더 중요했다.

공화국이 개입하기 전에, 황실에서 어떤 대응을 하기 전에, 샤를롯트가 무엇인가를 조금 더 준비하기 전에 터뜨릴 준비를 해야만 했다.

그녀 역시 이쪽의 생각에 동의하는 것은 당연지사. 서로 그 어떠한 이야기도 하지 않았지만 나는 그녀의 행동에 맞춰줄 것에 동의했고, 그녀 역시 내 뜻에 따라 움직이는 것에 동의했다.

암묵적인 동맹이 형성된 것이다.

적과의 동침이라고 부르기는 애매하지만 예전에 그녀가 말했던 대로 나는 현재 그녀의 배 위에 올라타 있었다.

나는 이방인들과 교황청 그리고 일부 귀족, 그녀는 깨어 있는 시민대표들과 자신의 세력에 속해 있는 귀족들을 규합했다. 그리고 전 대륙에서 동시다발적으로 제국민을 움직이기 시작했다.

신성한 민주주의에 적혀 있는 사상을 빠르게 전파하는 것은 물론, 본격적으로 그들 안의 열망을 일깨웠다. 아마 혼자였다면 이토록 빠르게 일을 진행하진 못했을 것이다.

제국민들을 계몽하기 어려울 거라고 생각했었지만 사실상 이방인들이 대륙에 자리 잡은 그 순간부터 이 사상이 퍼지기 시작한 것이나 다름없었다.

이쪽이 상상하고 있던 것보다 더 빠르게 물살을 타고 있는 상황이었다.

그녀가 동부에서 움직이면 이쪽은 서부에서, 그녀가 남부에서 움직이면 우리는 그 반대에서 계속해서 일을 키워 나갔다.

차이점은 온건이냐, 급진이냐.

그것을 생각해 보면 확실히 그녀가 이쪽에 맞추고 있었던 셈이 된다.

샤를롯트 역시 신성한 민주주의를 차용했다는 것이 인상적이었다.

덕분에 제국민을 규합하기가 더욱 수월했다는 것은 굳이 말하지 않아도 알 수 있는 사실이리라.

어느 정도 사상이 뿌리내린 이후에는 황실 역시 이쪽의 움직임을 눈치채기 시작했다. 신성한 민주주의를 금서로 지정하는 한편 이쪽의 뒤를 캐기 시작했는데, 문제는 황제가 이 일의 총책임자로 샤를롯트를 임명했다는 점이었다.

총책임자가 다른 생각을 하고 있으니 꼬리가 잡힐 리가 없었다. 한번 웅크리는 시간이 있기는 했지만 혁명의 전초전은 이미 시작되고 있었다.

나와 샤를롯트가 개입하지 않은 수많은 비밀결사가 만들어졌고 이들은 모든 제국민의 계몽하길 바라며 저마다의 활동을 시작했다.

교황청의 바젤 추기경은 차기 교황이 되기 위해 제국민들의 등에 탑승하기로 결정했고, 나와 친분이 있는 일부 귀족들 역시 내 계획에 찬동했다.

귀족들을 설득하는 것은 쉬운 일이 아니었다. 수틀리면 그들을 제거할 생각으로 임했을 정도로.

하지만 황실 자체에 피로감을 느낀 캐슬락 백작과 카트린 공작부인은 결국 내 말을 받아들였다.

'혁명이 끝난 이후에도 우리의 권력은 유지될 것입니다.'

신성한 민주주의가 시작된다고 하더라도 그들은 권력을 잃지 않는다. 귀족과 일부 부르주아 계급 그리고 우리 이방인 역시 마찬가지로 오히려 더 큰 권력을 얻게 될 것이란 비전을 제시했고 그렇게 그들은 고개를 끄덕였다.

샤를롯트가 원하는 진짜 민주주의에 대한 위험성에는 고개를 내저었지만, 그 이면에 있는 꿀 덩어리에 대해서는 인지할 수밖에 없었다는 거다.

그 와중에도 차기 지도자로서 낙점한 오스칼은 열심히 자신의 책무를 다하기 시작했다. 일부 집단에게 민주주의의 상징으로 불리는 이 여성 역시 시간의 흐름을 체감케 하는 이들 중 하나였다.

굳이 따지고 본다면 샤를롯트보다는 그녀가 더욱 정신없는 나날을 보냈을 거라고 생각했다.

한낱 시녀가 민주주의의 상징으로 자리 잡기까지가 결코 쉽지 않았을 것이다.

누구보다 그녀가 더 열심히 노력했다는 건 부정할 수 없는 사실이다. 이쪽의 말을 제대로 따라준 것이 유효했다.

처음 아리스 시녀를 채택할 때만 해도 크게 기대하지 않았건만, 그녀는 내가 지정해놓은 조건에 놀라울 정도로 부합하고 있었다.

슬쩍 창문 쪽을 바라보자 멍하니 하늘을 바라보고 있는 그녀가 시야에 비친다.

짧은 단발에 허리춤에 차고 있는 검 하나. 그녀가 배운 것은 교양 검술뿐이었지만 짧은 시간 내에 성취를 이루어냈다.

지니고 있던 재능 이상으로 노력한 덕분이었다.

조용히 이름을 부르자 황급히 뒤돌아보는 모습이 눈에 보였다.

사실 표정이나 얼굴 자체는 예전과 별로 다를 게 없다.

그렇지만 묘하게 바뀐 분위기와 눈에서 비치는 감정이 이쪽의 계획이 들어맞았다는 증명한다.

"오스칼 님."

"아…… 명예주교님. 둘만 있을 때는 아리스로 불러주시기로 하셨잖아요."

"하하, 네. 그러기로 했었죠. 큰일을 앞두고 있다 보니 조금 정신이 없었나 봅니다."

"너무 걱정하지 마세요, 명예주교님. 모든 게 잘 풀릴 거예요. 생각하시고 계신 일이 잘되도록 최선을 다할게요."

"하하. 말씀만으로도 감사합니다. 그리고…… 큰 짐을 나누어주셔서 정말 감사합니다."

"아니에요. 그런 말씀 하지 않으셔도 돼요. 실은 처음 명예주교님이 저를 불러주셨을 때는 당황스럽기는 했지만 지금은 너무 기쁘답니다. 지금 하는 일에 사명감도 느끼고 있고요. 네! 정말로 그래요."

"그렇게 생각해 주시니 몸 둘 바를 모르겠습니다."

"제가 하고 싶은 말인 걸요."

"아리스 시녀님, 아니…… 아리스 님도."

"아뇨, 아뇨! 시녀님이라고 불러주시는 게 더 괜찮아요. 그편이 더 좋아요."

"그렇지만……."

"아니, 꼭이요. 둘이 있을 때는 꼭 그렇게 불러주세요. 명예주교님마저 저를 오스칼이라고 부르면 뭔가…… 조금…… 혼란스러울 것 같아서요."

"이해합니다. 굳이 그렇게 말씀하시니……."

"그러고 보니 식사는 하셨나요? 하지 않으셨다면 준비를 서둘러야……."

"아뇨. 아뇨. 괜찮습니다. 사실 아리스 시녀님이 잘 계시는지 확인하러 온 게 전부라."

"그럼 차라도 대접해 드릴게요!"

제국 민주주의의 상징에게 차를 얻어먹는 기분은 나쁘지 않다.

이래서 아리스 시녀를 미워할 수 없다.

한때 샤를리아의 밑에서 여러 가지 스킬을 갈고 닦은 만큼 향 좋은 차가 등장하는 것은 순식간. 한 모금 들이키는 것만으로도 온갖 피로가 날아가는 것 같은 기분이었다.

"괜찮으신가요?"

"물론입니다, 아리스 시녀님. 그러고 보니 계속 바깥을 바라보고 계시던데 혹시나."

"네. 어머님과 동생들이 잘 지내고 있을지 걱정되어서요."

"이미 파란의 길드원들이 보호하고 있으니 너무 걱정하지 않으셔도 됩니다. 만약 제가 잘못되더라도 아리스 님의 가족은 꼭 보호해 드리겠습니다."

"그런 말씀은 삼가해 주세요. 혹시라도 명예주교님이 다치는 건 원하지 않으니까요. 그럼 이제…… 나갈 시간인가요?"

"네. 나가시죠, 오스칼 님."

"네, 명예주교님."

'귀엽네.'

입술을 꽉 깨무는 모습이 나름대로 귀엽다.

그렇지만 한 걸음, 한 걸음 발을 뗄 때마다 표정은 점점 진지해졌다.

아마 마지막을 앞두고 있는 만큼 그녀도 만감이 교차하고 있으리라.

'힘들었겠지.'

하지만 그만큼 보람차기도 했을 것이다.

마치 다른 사람을 보는 것 같은 느낌이었다. 표정을 굳힌 오스칼을 보니 왠지 모르게 소름이 돋았다.

문을 열자 가장 먼저 눈에 보인 것은 잔뜩 긴장하고 있는 막스와 정하얀. 이번 일이 얼마나 중요한지 매일 설명한 만큼 저들 나름 긴장하고 있을 것이라고 생각했다.

정하얀 같은 경우에는 이쪽을 힐끗 바라보고서는 볼을 부풀렸는데 아무래도 처음부터 아리스가 그다지 마음에 들지 않았던 것 같다.

물론 내 옆에 있는 여자 중에 정하얀의 마음에 드는 여자가 있겠냐만은 최근 아리스 시녀와 붙어 다니는 시간이 길어지다 보니 저기압 상태가 조금 길어지는 것 같았다.

'챙겨줘야지.'

열심히 노력하고 참아준 만큼 이번 일이 끝나고 그녀를 달래주는 것은 이미 확정된 이야기다.

살짝 손을 흔들어주자 활짝 웃는다.

바로 옆에 있는 박물관 관리인 막스는 자신에게 손을 흔든 줄 아는지 양팔을 들고 폴짝폴짝 뛰고 있다.

준비가 되었냐는 수신호를 보내자 팔로 원을 만든다.

오랜만에 보는 선희영과 꼬맹이 김예리, 황정연 역시 자리해 있었다.

김현성에게 불려간 조혜진과 아리스 시녀의 가족들을 보호하러 간 병아리들을 제외하면 파란의 멤버들이 전원 모인 셈이다.

물론 민주 투사 바쿠더쿠와 아르기모는 여전히 제국민 사이에 섞여 있었다.

아리스 시녀, 아니, 오스칼이 단상으로 발걸음을 옮긴 것은 바로 그때였다.

'시작이야.'

이쪽이 미리 작성해 준 연설문을 보지도 않고 연설을 시작하는 것을 보니 이미 내용을 전부 머릿속에 집어 넣은 것 같다. 딱 저 정도의 노력도 하지 않았던 샤를리아가 괜스레 떠오른다.

'백번 낫지. 훨씬 유능하지. 암!'

연설 마지막 부분에 집중하고는 싶지만 이쪽 역시 따로 할 일이 있는 만큼 정하얀과 막스가 있는 곳으로 향할 수밖에 없었다.

발걸음을 옮기는 와중에 말을 걸어온 이지혜. 조잘조잘 말을 걸어오는 것이 오스칼과 제국민들의 함성을 뚫고 귀에 들어온다.

"이제 시작이네요."

"응. 그렇지 뭐."

"그동안 궁금해서 죽는 줄 알았는데 드디어 볼 수 있겠네. 혹시나 샤를롯트가 제국민들을 진정시킬 수 있는 건 아닌지 정말로 궁금했거든요. 그게 가장 중요하니까."

"그녀가 내가 준비한 한 방을 수습할 수 있다면 난 샤를롯트를 신이라고 부를 거야."

"그만큼 자신 있는 거겠죠? 솔직히 무슨 생각을 하는지 이해하지 못하는 건 아닌데……. 실현 가능성이 크지는 않죠. 역사적으로 보면 명예혁명이나 무혈혁명이라고 부를 수 있는 게 아예 없었던 건 아니지만……."

"영국에서도 한 번 있지 않았나?"

"아아. 제임스 2세를 국외로 망명시킨 그거요? 그게 민주화를 이뤄낸 건 아니잖아요. 최초라는 의미는 있지만……. 그리고 그것도 피를 흘리기는 했을걸요? 샤를롯트가 이걸 알고 있는지는 모르겠지만 모델로 삼고 있다고 한다면 그렇다고 할 수 있겠네요. 부패하고 무능한 건 물론 독선적인 황실, 종교적인 문제도 섞여 있고…… 국민들 역시 불만을 품고 있는 상황."

"세계사는 잘 모르는데……."

"몰라도 돼요. 어차피 뻔하니까요. 아주 많이 변질되기는 했지만 들고 일어선 제국민들을 수습하고 그동안 꿍쳐놨던 병력을 풀어 국민들과 함께 들어가 황제를 압박하겠다는 계획이죠, 뭐. 영국의 무혈혁명 같은 경우에는 외부에서 병력이 들어왔다는 차이점이 있지만 사실 별로 다를 건 없다고 봐요. 피를 흘리기는 흘리겠지만 그래도 최소화할 수 있을 거고요. 좋은 계획이죠, 좋은 이상이고……. 개인적으로는 샤를롯트가 바보 같다고 생각하지는 않아요. 사실 존경심마저 든다니까요."

"누나가 그렇게까지 말할 줄은 몰랐는데 의외네."

"원래 역사적인 철학자나 혁신가, 이상주의자는 다 그녀 같은 법이에요. 조금 예가 다르기야 하겠지만 공산주의를 세상에 내놓은 사상가들이나 국가의 체제로 선택한 정치가들이 멍청해서 그런 선택을 했을까요? 그 사람들뿐만이 아니죠. 모든 정치 이상주의자들은 천재라고 부를 수 있는 이들이 대부분이에요."

"누나 말이 맞아."

"문제는 이런 사람들이 실패하는 이유죠, 뭐."

"그건 나도 알 것 같은데."

"뭘까요?"

"어디까지나 개인적인 생각이야."

"개인적인 생각이라면 오히려 환영이네요."

"다른 인간들도 자신과 같은 이상을 좇을 거라고 의심 없이 믿었다는 거."

샤를롯트가 무슨 생각을 하는지 더 이상 관심 없지만 그녀가 제국민들과 자신의 캠프에 있는 이들을 철석같이 믿었다는 건 조금 가슴 아픈 이야기다.

장담컨대 그녀의 세력 안에서 그녀의 사상에 공감하지 않은 이들이 몇쯤은 있으리라 확신할 수 있었다.

하지만 지금 당장 중요한 것은 그녀의 내부 사정이 아닌 내가 탄 배가 어떤 길로 목적지로 향하느냐. 지금까지의 조타수는 그녀였지만, 이 순간부터는 그 자리를 내가 대신 하게 될 것이다.

마침 우리의 오스칼이 연설을 한창 흥미롭게 진행하고 있는 상황. 딱 괜찮은 타이밍이라고 생각했다.

"하얀아, 막스. 영상 내보내."

이 좋은 걸 우리만 볼 수는 없다.

창문 밖에서도 보일 정도로 커다란 마력 홀로그램. 공중에서 생겨난 화면은 수도에 있는 제국민들이 전부 볼 수 있을 정도로 컸다.

깜짝 놀란 대중들이 눈으로 보고 있는 광경은 아마 오스칼의 얼굴일 것이다.

멍하니 그 광경을 바라보고 있는 이지혜는 눈앞의 영상을 바라보다 막스가 준비하고 있는 홀로그램을 향해 고개를 돌렸다.

제법 경악한 표정으로 말이다.

“저…… 저, 저게 뭐예요?”

“뭐긴 뭐야. 다음에 내보낼 영상이잖아.”

“그건 알고 있어요. 제가 드리는 질문은…… 안에 있는 내용이 뭐냐는 뜻이잖아요.”

“내가 운영하는 블랙마켓에 들락날락거리는 귀족 나으리들의 명단과 그들의 활약상 모음이지.”

“미…… 미친. 오빠…… 정말로 이거…….”

“푸흐하하하핫.”

“이, 이건 정도가 심한 것 같은데. 이건…… 너무…….”

“왜? 누나. 아무리 그래도 너무한 것 같아?”

“아뇨. ……좋네요. 솔직히…… 조금 축축해졌어요.”

어디가 축축해졌다는 말인지는 모르겠지만 이지혜의 목소리는 미묘하게 떨렸다.

자연스럽게 입꼬리가 올라갔다.

마력 홀로그램을 멍하니 바라보고 있던 이들의 분노가 폭발하기까지 그리 오랜 시간이 걸리지 않을 거라 확신할 수 있었다.

이 영상을 본 사람이라면 누구라도 그런 생각을 하게 될 것이다.

-뜻을 함께해주시는 친애하는 동지 여러분. 이렇게는 처음 인사드리는 것 같습니다. 저를 만나신 분들도 계시고 간접적으로 저를 알고 계시는 분들도 계실 거라고 생각합니다만. 정식으로 인사를 드리겠습니다. 제 이름은 오스칼, 신성한 민주주의의 저자이자 부족하지만 시민혁명단의 수장직에 앉아 있는, 여러분들과 같은 평범한 제국민 중 한 사람입니다.

"저…… 샤를롯트 님."

"저도 보고 있습니다. 제가 지금 눈으로 보고 있는 게……."

"명, 명예주교 측에서 준비한 것 같습니다."

"환상 마법인가요?"

"아마 아닐 겁니다, 황녀님. 이런 대규모의 환상 마법은 설사 대마법사라고 해도 불가능합니다. 어느 정도 준비하고 있을 거라고 생각하기는 했지만 이건 대체……."

"……."

"영상, 영상이에요."

"네?"

"마력으로 이루어진 영상이란 겁니다. 언젠가 이방인들이 사는 도시에 저런 게 있다는 걸 들었습니다. 네, 틀림없어요. 분명히 그럴 겁니다."

"그건…… 도대체……."

"자세한 설명을 드리기에는 시간이 없습니다. 분명 저걸 어디에선가 내보내고 있는 발신지가 있을 겁니다."

"발신지 말씀이십니까?"

"네. 그대는 마법사가 아닙니까, 백작. 어딘가에서 마력의 흐름이 느껴지지는 않습니까?"

"죄, 죄송합니다. 수도 내에 있는 마력의 파장을 누군가 꼬아 놓은 것 같아 제 능력으로는 어떻게……."

"멈춰야 합니다. 저걸 내보내서는 안 돼요. 절대로. 절대로! 많은 피가 흐를 겁니다. 백작! 빨리 저걸 멈춰야 해요. 멈춰야 합니다. 아아…… 이걸 어떻게……."

"이미…… 느, 늦었습니다. 어떻게 수습할 수가……."

-놀라지도 당황하지도 않으셔도 됩니다. 친애하는 시민 여러분, 여러분이 지금 보는 것은 환상 마법이 아닙니다. 모든 인류를 평등하게 바라보시는 베니고어 여신님이 저희를 위해 내려주신 선물이며 친애하는 동지 여러분들을 하나로 묶어 일으킬 수단입니다. 저희가 볼 수 없는 것들을 비춰주시는 베니고어 여신님의 거울이며 축복입니다.

"이기영 명예주교……. 이기영 명예주교는 어디…… 어디 있느냐."

"오, 오늘 린델로 들어갔다고 들었습니다, 폐하. 잠깐 밀린 일을 하고 돌아오신다고……."

"저…… 저건 도대체…… 지금 이 현상에 대해 설명할 수 있는 이가 있으면 당장 불러오라. 아무나 좋다. 아무나……."

"오스칼입니다, 폐하. 지금 저 위에 보이는 이가 바로 오스칼입니다."

"그건 나도 알고 있다. 어째서 저자의 얼굴이 하늘에 떠 있는지에 대한 것을 물어본 것이다. 이 아둔한 것아! 궁정 마법사들은 뭘 하는 게냐. 누구라도 저걸 멈추게 하라. 지금 당장!"

"폐하. 고, 고정하시옵소서. 지금 궁정 마법사들이 방도를 찾고 있습니다."

"신이시여…… 신이시여……."

-친애하는 동지 여러분. 여러분들이 직접 눈으로 확인하고 판단해 주십시오. 그리고 직접 움직이셔야 합니다. 지금까지의 신성 제국이 어떤 모습이었는지 저희를 미천한 핏줄이라며 무시하고 자신들을 고귀하다 부르짖는 귀족들의 진짜 모습이 어떠한지. 이들이 얼마나 지독한지! 여러분이 직접 확인하고

판단하셔야 합니다. 지금부터 저 오스칼이 여러분들께 보여드릴 장면은 다소 충격적이고 잔인할 수도 있습니다. 하지만 이것은 있는 그대로의 모습이며 저희들의 삶 그 자체입니다. 부디 눈을 돌리지 말고 똑바로 바라봐 주셨으면 합니다. 저희가 지금까지 어떤 곳에서 살고 있었는지 부디 제대로 직시해 주셨으면 합니다.

"아주 좋아."

담담히 입을 여는 아리스 시녀의 모습이 보였다.

잘해줄 거라고 생각했지만 내가 생각하는 것보다 더 침착하게 분위기를 이끌어주고 있다. 갑작스럽게 등장한 마력 홀로그램에 당황한 이들을 진정시키고 있는 것이다.

대부분의 이방인은 막스와 정하얀이 선보인 새로운 기술에 무척이나 놀란 기색이었다.

아리스 시녀가 신의 선물이라고 입을 연 것이 유효했는지 제국민들 역시 빠른 시간 내에 평정을 되찾고 있다는 걸 확인할 수 있었다.

화면 안의 오스칼은 굳이 다른 주석을 붙이지는 않았다.

자기소개를 하고 담담히 함께해 줄 것을 청한 뒤, 이후에 나오는 장면을 봐주길 종용하고 있었다.

옳은 판단이라고 할 수 있다. 이런 영상에 불필요한 코멘트는 필요 없다.

앞으로 눈앞에 보일 있는 장면은 그 자체로도 충분히 파괴적이고 위력적일 것이다.

오스칼의 얼굴이 사라진 이후 그 자리를 대신한 것은 부패한 귀족들의 단면.

팝콘이 필요할 정도로 상황이 재미있어지고 있었다.

소도시 바인에서 절대 권력으로 군림하고 있는 하이안 남작, 제법 이미지가 좋다고 할 수 있는 대도시 바티칸의 카리브 공작, 높은 세율로 인해 이미 많은 원성을 사고 있는 부쉬 백작……. 그 외 많은 이 블랙마켓의 VIP.

"푸흐하하하핫."

언젠가는 써먹을 수 있을 거라고 생각한 명단, 이런 상황에서 터뜨리는 것이 가장 효과적이라는 건 굳이 말하지 않아도 알 수 있으리라.

처음에는 두려움, 다음에는 호기심, 그리고…… 분노.

시간이 지나면 지날수록 분노하고 있는 이들이 상상된다.

당장 우리와 함께 있는 이들도 손발을 부들부들 떨고 있다. 저런 장면이 눈앞에 펼쳐지는데 화가 나지 않는 것이 이상하리라.

-꺄아아아아악! 아아아악!

-아아아아아악! 제발…… 제발!

캐슬락 지하에 있는 블랙마켓은 문을 닫게 되겠지만 어차피 돈을 벌어들일 수 있는 곳은 많다.

이번 일이 끝나면 제국 내에 있는 대부분의 인간쓰레기들이 청소될 테니 수요도 줄어들 것이다. 타국을 상대로 새로 장사를 시작하는 게 좋을 것 같은 느낌도 든다.

사실 모든 귀족이 저런 것은 아니고, 영상에 비치고 있는 모습 역시 약간의 자극적인 편집을 거치기는 했지만 대중에게 그게 무슨 상관이란 말인가. 어차피 대부분의 사람들은 자신의 눈으로 본 것만 믿게 마련이다.

차마 영상을 보지 못하겠는지 눈을 돌리는 있는 동지들의 모습도 눈에 띈다.

-하하하! 이거 스트레스가 풀리는 것 같습니다, 공작님.

-이곳에서는 그렇게 부르지 말라고 하지 않았습니까, 백작.

-아. 죄송합니다. 제가 그만…….

-하하. 괜찮습니다. 괜찮아요. 농한 번 던져 본 것뿐이니 그렇게 고개 숙일 필요도 없습니다. 제가 조금 예민했던 것 같습

니다. 그래, 백작 말이 맞습니다. 정말로 스트레스가 풀리는 기분입니다. 제국을 위해 중요한 일을 하는 만큼 가끔 이렇게 머리를 깨끗하게 하는 것도 중요하지요. 이곳도 사실 옛날 같지 않긴 하지만 그래도 이런 곳이 있다는 게 위안이 됩니다.

-사실 저도 비슷한 생각을 하고 있었습니다. 공작님. 확실히 요즘은 밋밋하긴 하지요. 해서 제 영지에는 따로 공간을 만들어 두었습니다. 공작님께서도…… 아니, 제국민에게 존경받는 공작님께서는 힘드시겠군요.

-인간 같지도 않은 이들의 존경을 받는 게 뭐가 그리 대수라고…… 쯧. 이게 다 우리 아들 녀석 때문입니다. 저도 마음 같아선 부쉬 백작 같이…… 아! 이건 궁금해서 드리는 말씀입니다만…… 부쉬 백작의 영지가 세율이?

-네 높지요, 높습니다. 그렇지만 뭐, 다른 방법이 있겠습니까. 다른 영지에서는 너도나도 이방인들을 들이고 있는데. 사실 제 입장에서는 그들을 도저히 영지 내로 들이기 싫어서 말입니다. 힘만 센 놈들이지 그들 역시 천한 피를 타고난 자들이 아닙니까. 영 마음에 드는 곳이 없습니다. 황제 폐하께서도 좀 그렇지요. 그들에게 작위를 내린다 만다 하는 것부터가 이미 저희들에겐 굴욕이 아닙니까. 별수 있겠습니까. 다른 영지에 뒤처지기 싫으면 영주민들을 쥐어 짜내는 수밖에 없지요. 하하하하. 그러고 보니 공작님께서도?

-저희 영지는 조만간 개방하게 될 것 같습니다. 백작, 시대의 흐름이 이런데 어떻게 거부하겠습니까. 다른 이들에게 뒤처질 수는 없지요. 사실 저도 그들이 전부 마음에 드는 것은 아니지만, 종종 괜찮은 이들이 있기는 있습니다. 그 ××××말입니다. 다른 이방인들답지 않게 제법 좋은 구석이 있더군요. 아주 사람이 된 사람이에요.

-아아아아…… ××××! 들어봤습니다. 확실히 그런 소문이 있더군요. 저는 애초에 그들과 담을 쌓고 사는 터라…… 공작님이 그렇게 까지 말씀하시니 언젠가 한 번 일정을 잡아 봐야겠습니다.

이기영 명예주교라는 이름 정도는 묵음 처리해 주는 것이 당연하다.

-그런데 백작. 그렇게 세율을 높이면 말입니다. 제국민들이…….

-하하하. 당연히 재고해 달라는 청원이 올라오지요. 뭐, 그런 것 따위는 가볍게 무시하면 그만입니다. 공작님, 어차피 그 미천한 놈들은 개돼지들입니다. 가볍게 무시하거나 잘근잘근 밟아주면 알아서 조용해집니다.

어디에선가 들어본 대사를 치는 꼴은 가관. 대본을 줘도 저것보다 잘해내지는 못할 거라고 생각했다.

일부 부패한 귀족들이 평소에 이들을 어떻게 생각하고 있었는지는 잘 보여주는 그림이라 할 수 있으리라.

-반발이…….

-그럼 더욱더 세게 밟아주면 되지요. 공작님, 이놈들은 말입니다. 마치 잡초와도 같아서 뿌리까지 뽑아내지 않으면 계속 계속 자라납니다. 한 번 밟을 때 제대로 밟아 줘야지요. 애초에 신분 자체가 다르다는 걸 계속해서 인식시켜 줘야 하고 가축 다루듯 다루면 알아서 조용해집니다. 하하하. 어떠십니까, 공작님 흥미가 있으시면 언제 한번…….

-시간이 된다면 한번 들러보도록 하지요.

-만약 방문하신다면 최선을 다해서 모시겠습니다. 하하하.

현재 집결해 있는 모든 동지가 저걸 보면서 분노할 거라고 장담할 수 있었다. 영상이 진행되면 진행될수록 시야에 비치는 모습들은 눈 뜨고 보기 힘들 정도였다.

애초에 저것 하나만 준비된 것이 아니다. 한 번 터뜨릴 때 제대로 터뜨려야겠다는 생각을 한 만큼 이 제국에 있는 이들의 모습을 제대로 보여줘야 한다.

배가 산처럼 나온 귀족들이 온갖 산해진미를 쌓아두고 먹는 모습은 기본으로 깔려 있다. 굶주린 제국민들을 대비해서 보여주는 연출은 마치 비극적인 독립영화 같다.

아녀자를 희롱하는 귀족, 아무 죄 없는 이들을 잔인하게 처형하는 귀족…….

-제…… 제발. 그만해 주세요. 제발 부탁드립니다.

-살려주십시오. 살려주십시오. 제발…….

손녀뻘 되는 이들에게 더러운 짓거리를 일삼는 쓰레기, 가난한 제국민, 차별받고 억압받는 지식인, 몬스터 사냥에 동원된 소년병과 그 최후. 이방인들을 무시하는 발언을 일삼는 이들이나 교황청에 대해 불만과 폭언을 퍼붓는 이들까지. 각계각층을 위한 배려도 빼놓지 않는다.

애초에 이방인이나 바젤 추기경은 분노가 아닌 필요에 의해 움직이는 것이겠지만 동기야 많으면 많을수록 좋다.

파노라마처럼 튀어나오는 마력 홀로그램이 저들의 혼을 빼앗기에 충분한 것은 당연지사.

수도 전체가 순식간에 조용해진다. 놀라울 정도로 아무런 소리도 들려오지 않는다.

살짝 다가온 이지혜가 조용히 입을 열어온 것은 바로 그때였다.

"오빠, 이거 제국 전체에 송출되고 있는 거 맞죠?"

"응. 정확히 말하면 각 본부에서. 다른 지역에 있는 우리 동지들은 이곳의 상황도 같이 지켜보고 있고…… 신호탄은 오스칼 님이 쏘아주실 테니 동시다발적으로 움직여야지."

"오빠 말이 맞았어요."

"뭐가."

"지금 분위기 보이죠? 샤를롯트가 이걸 진정시킬 수 있다면 저는 그녀를 신이라고 부를 거예요. 진심으로요. 무혈혁명은 이미 물 건너갔어요. 만약 샤를롯트가 이걸 보고 있으면 틀림없이 표정을 구기고 있을 거예요."

대화를 나누는 와중에 영상은 절정을 향해 달려갔다.

영상에서 비치는 얼굴은 다름 아닌 제1황녀 샤를리아의 얼굴이다.

미친 광녀의 활약상은 마치 1,000만 관객 영화의 주연배우처럼 스크린을 가득 채우기 시작했다. 대단한 장면이 너무 많아 편집하는 데도 상당히 애를 먹었다.

시녀의 뺨을 후리는 것은 물론 그들을 모욕하고 사치품으로 몸을 치장한 모습은 누가 봐도 악녀다.

이쯤에서 내가 좋아하는 장면과 대사가 나온다.

기대감에 가득 찬 얼굴로 다시 고개를 들자 꽤나 비위 상하는 표정으로 명대사를 내뱉은 그녀의 얼굴이 시야에 들어왔다.

-제국민들이 먹을 빵이 없어? 하핫. 빵이 없으면 케이크를 먹으면 되잖아? 뭐 그런 걸 고민을 해?

이지혜 역시 기가 차는지 다시 한번 이쪽에 질문을 던져온다.

"진짜 저딴 소리도 했었어요?"

"당연히 주작이지. 누나."

그렇기 때문에 효과가 있다.

저 주작은 역사가 인정한 주작 중의 주작이었으니까.

"생각보다 바로 터지지는 않네요."

"반항하는 방법을 모르는 거야. 무섭기도 하도 분노하고는 있지만 속에 있는 걸 어떻게 터뜨려야 하는지 모르겠지."

"이해는 되지만 조금 섭섭하겠어요?"

"어쩔 수 없는 거지, 뭐. 그렇게 섭섭하지도 않아. 어느 정도 예상하기도 했고, 다른 세력에 탑승했다고 한들, 지금까지 줄곧 사육당하던 이들이 지들 의지로 울타리에서 튀어나올 수 있겠어? 아마 신호탄이 터지면 너나 할 것 없이 뛰쳐나올걸? 당장 여기 있는 애들 표정을 봐. 장담하는데 함께 싸웁시다. 이 말 한마디면 모든 게 끝나."

"머릿속에 사상을 욱여넣는 과정이 조금 급하기는 했죠. 뭐, 저도 알고 있어요. 그냥 아쉬움에 한소리 해본 거지. 어떻게? 지금 터뜨릴까요?"

조금 고민할 수밖에 없었다.

표현하고 있지는 않지만 이미 모든 제국민의 분노가 폭발 직전에 있는 상황.

사실 샤를리아의 명대사만으로도 충분하기는 하지만 그래도 역사의 한 페이지를 장식하는 장면인 만큼 조금 멋진 연출이 필요했다.

예를 들자면 민주 투사들의 숭고한 희생 같은 게 나와야 한다는 거다.

계획하고 있는 것 중 하나이기는 했지만 그저 신호탄으로 사용하기에는 오스칼이라는 브랜드의 가치가 꽤 대단했다.

"잠깐만 기다려. 어차피 아직 연설도 다 안 끝났으니까."

사실 기다리고 있던 것은 샤를롯트다. 타이밍은 확실히 나쁘지 않다.

민중을 수습하고 함께 거리 행진을 하기에는 굉장히 괜찮은 시점. 그렇지만 모습을 드러내지 않는 것을 보니 아무래도 내부적인 문제라도 생긴 모양이다.

샤를롯트의 의견에 찬동하는 깨어 있는 귀족들은 여전히 그녀와 함께하겠지만 내가 터뜨린 영상을 보고도 '권력을 유지

할 수 있을까'라는 생각이 생기지 않을 리 없다.

심지어는 그녀의 캠프 내에서도 영상에 등장한 귀족들이 있었으니, 지금쯤 그들을 달래려고 진땀을 빼고 있을 것이다.

제국민들의 분노를 수습할 수 없다고 생각한 이들과 그래도 할 일은 해야 한다고 생각하는 이들의 마찰 정도는, 굳이 미래를 보는 눈이 없어도 예측할 수 있다.

'내가 급하게 움직인 만큼.'

그녀 역시 급하게 움직였다.

서로가 피차 부작용을 떠안은 상황이라고 볼 수 있다.

이지혜를 향해 고개를 살짝 끄덕이던 바로 그때였다.

"모든 제국민들은 반역자의 사탕발림에 현혹되지 말고 자리를 지켜라!"

왕성에서 음성이 증폭된 목소리가 튀어나온 것이다.

계획을 철회하라는 듯 손을 내젓자 이지혜 역시 알겠다는 사인을 보냈다.

'좋네.'

이런 전개도 나쁘지는 않다.

샤를롯트가 먼저 대응해 올 거라고 생각했지만 제국민들을 향해 먼저 입을 연 것은 왕성의 대리인, 같은 값이면 황제 폐하가 나오는 게 더 좋다고 생각했지만 겁 많은 늙은이가 이런 자리에 직접 나설 리가 없다.

오늘내일하는 늙은이는 지금쯤 나나 샤를롯트를 애타게 찾고 있을 것이다.

커다란 목소리와 함께 혹시 모를 무력사태를 위해 기사들이 안에서 튀어나왔고 마법사들은 어떻게든 마력 홀로그램을 멈추기 위한 방도를 찾고 있는 게 보인다. 마력 홀로그램을 향해 화살을 쏘는 궁수들의 모습은 가관이다.

반응이 즉각적인 것을 보면 저쪽에서도 위기감을 가지고 있는 모양이다. 제국민을 진정시키지 않는다면 커다란 무엇인가가 터져 나온다는 것을 이미 인지하고 있다.

'그렇게 무능하지는 않아.'

병사들을 풀어 거리에 나와 있는 제국민들을 집으로 들여보내려고 하고 있지만, 손바닥으로 하늘을 가릴 수는 없다.

실제로 강제적인 연행도 진행되고 있는지 수도 곳곳에서는 비명이 터져 나오기 시작했다.

어떻게 위기를 느낀 권력자들의 행동 패턴은 지구나 이곳이나 다를 게 없는지. 나도 모르게 웃음이 나온다.

"다시 한번 말한다. 모든 제국민은 반역자에게 현혹되지 말고 자리를 지켜라! 모두가 거짓이며 마법으로 조작된 내용이다. 제국민들이여, 그대들이 보고 있는 건 베니고어 여신님이 내리신 축복이 아니라 악마의 속삭임이다. 오스칼은 제국의 반역자다! 그녀와 뜻을 함께하고 있는 모든 이들과 그녀를 따르는 이들 역시 마찬가지다. 신성 제국을 좀먹는 악이다!"

'슬슬 대응해야지.'

오스칼 쪽에게 신호를 보내기도 전이었다.

아리스 시녀로서는 보여주지 않는 잔뜩 성이 난 목소리가 커다랗게 울려 퍼졌다.

-나라를 좀먹는 것은 그대들이 아닌가! 더러운 황족들, 지금까지 이 제국을 수면 아래로 끌어내리고 있었던 것은 바로 그대들이었다. 하늘 위를 보라. 그대들이 한 짓은 악행에 죽어간 제국민들이 알고 있으며 여신님이 알고 계시다.

"어디서 그 더러운 입으로 여신님을 입에 담느냐. 미천한 반역자야."

-반역자는 그대들이다. 여신 아래에 모든 인간은 평등하다는 신의 뜻을 거역하는 바로 그대들이다! 계급을 나누며 차별을 일삼고 미천한 핏줄과 고귀한 핏줄을 구분하는 그대들이야말로 반역자다. 그대들은 도대체 언제부터 황족이었는지 떠올려 보라. 그 고귀한 피들이 행한 짓을 직접 눈으로 확인해 보라.

혹시라도 말이 막히지는 않을까 걱정한 내 우려와는 달리

오스칼은 따박따박 자신이 하고 싶은 말을 내뱉었다.

이지혜가 입을 연 것은 당연지사.

"저건 대본 아니죠? 오빠?"

"응. 아니야. 아마 본인 생각일걸."

"쓸 만하네요. 확실히 샤를리아보다 더 나아요."

마침 나도 딱 같은 생각을 하고 있었다.

당황할 거라고는 생각하지 않았지만 오스칼은 본인이 먼저 앞장서 황권을 정면으로 부정하고 있었다.

훌륭한 그림이라는 생각이 드는 것이 당연하다.

-그대들이 있기 때문에 제국이 있는 것이 아니다. 제국민이 있어야 제국이 있는 것이다.

"황제 폐하가 있어야 제국이 있는 것이다. 이 반역자야. 지금 네 모습을 보라. 진실된 얼굴은 보이지 않은 채 선동하는 네 모습을 보라. 제국민들이여, 오스칼은 그대들을 위험 속으로 빠뜨리려는 악마다. 듣기 좋은 말로 포장하고 있지만 절벽 위에서 그대들의 등을 떠미는 사악한 마녀다. 그 누구라도 좋다. 저 마녀를 잡아오는 자는 이유와 신분을 막론하고 작위와 상금을 내리겠다. 마녀는 처형되어야 한다. 반역자는 처형되어야 해!"

-나는 숨지 않는다. 여신의 반역자들이여!

영상을 보내주고 있는 정하얀을 똑바로 쳐다보던 아리스 시녀가 등을 돌린 것은 순식간. 성큼성큼 문밖으로 걸어 나가려고 하는 것이 보인다.

'어?'

조금 당황하기는 했지만 나쁘지는 않다.

대본에는 없었던 행동이지만 지금 타이밍에 제국민들 앞에 직접 그 모습을 드러내는 것은 좋다.

이쪽은 정하얀에게 빠르게 손짓했다. 오스칼이 세상에 등장할 때가 되었으니 모든 제국민이 그녀가 있는 위치를 확인하도록 하는 것도 나쁘지 않을 것 같았기 때문이다.

"명예주교님."

"뜻대로 하셔도 됩니다, 오스칼 님."

"네."

분위기를 잡아주기 위해 아무렇게나 걸려 있는 깃발을 집어 든다.

이제는 심볼이 되어버린 신성한 민주주의의 로고가 그려진 깃발을 들고 오스칼은 그렇게 제국민들에게 자신의 모습을 선보였다.

제국의 수도가 한눈에 내려다보이는 꼭대기의 시계탑. 그곳에 깃발을 들고 서 있는 아리스 시녀의 모습은 역사의 한 페이지를 장식하기에 충분하다.

멍하니 영상을 바라보고만 있던 제국민들은 어딘가 익숙한 풍경에 너도나도 그녀가 서 있는 시계탑으로 고개를 돌린다.

점점 고양되는 분위기는 이곳이 어디인지도 잊은 채 크게 소리를 지르고 싶을 정도다.

'완벽해.'

완벽하다.

이 정도 연출이라면 굳이 신호탄으로 희생양을 사용할 필요도 없다.

"나는 숨지 않는다."

-나는 숨지 않는다.

그녀가 시계탑의 꼭대기에서 내뱉고 있는 말을 여신의 거울이 그대로 비춰주고 있다.

눈앞에 보이는 것이 환상 마법이 아닐까 생각하고 있던 이들의 얼굴에 확신이 깃든다.

병사들은 순식간에 시계탑으로 뛰어들어 오고 미리 대기하고 있던 병력들은 그들을 막는다.

여기저기에서는 커다란 소리가 튀어나오고 준비했던 불길이 하나둘 치솟는다. 마법과 화살들이 쏟아지지만 미리 준비한 방어 마법에 의해 차단당한 것은 당연지사.

무서울 만도 하건만 그 사이에서 계속해서 연설을 이어가는 민주 투사의 모습은 내가 그리던 그림 이상이었다.

-나는 숨지 않는다. 여신의 반역자들이여. 나는 이 자리에서 제국민들의 등을 떠미는 것이 아니다. 내가 먼저 그들의 앞에 설 것이다. 황제는 어디에 있는가! 숨어 있다고 나를 비난한 그대가 말해보라. 지금 이 상황에서 황제는 도대체 어디서 무엇을 하고 있는가!

'각성했네!'

말문이 트였다는 표현은 이런 걸 두고 하는 말이리라.

단언컨대 그녀의 인생에서 지금이 가장 빛나고 있는 시기일 것이다.

-제국민이 흘린 피와 땀으로 자신을 치장한 황녀는 어디에 있나. 그대들이 선전했던 신성한 핏줄을 가지고 있는 이들은 지금 어디에서 무엇을 하고 있나. 나는 그대의 목소리를 듣고 싶은 게 아니다. 황실의 개들아. 나는 이 잘못된 체제를 만들

고 그 뒤편에서 달콤한 독주를 마시고 있는 이들의 목소리를 직접 듣고 싶은 것이다.

“제, 제국의 2황녀 샤를롯트입니다! 그대들의 열망은 이루어질 것입니다!”

마침 들려오는 또 다른 목소리. 급하게 튀어나왔는지 미처 음성 증폭도 하지 못한 채 소리를 지르고 있었다.

어울려주고 싶지만 이미 기차는 떠나갔다. 지금 이 자리에서 행해지고 있는 역사적 그림을 망치고 싶지 않다.

“하얀아, 우리 쪽 볼륨 키우고 혹시라도 샤를롯트 쪽으로 가는 음성 증폭 마법이 있으면 전부 차단해. 천관위 님도 함께 부탁드립니다.”

“네! 네! 오빠.”

여러 가지 소리에 묻혀버린 샤를롯트의 목소리는 그 누구도 관심을 두지 않았다.

심지어 사방에서 불길이 피어오르니 기사들이 뛰쳐나와 그녀를 다시 안쪽으로 들이는 장면이 눈에 들어왔다.

누구보다 제국민들을 사랑하시는 2황녀께서는 이러지 말라는 듯 그들을 뿌리치고 있지만, 이런 위험한 상황에 충성스러운 신하들이 어떻게 그녀를 가만히 내버려 둘 수 있단 말인가.

이미 일이 틀어졌다는 건 아마 저들이 가장 잘 알고 있을 것이다.

그녀의 목소리 대신 수도에 울리는 것은 탄력을 받은 우리 오스칼 님의 낭랑한 목소리.

-제국민들이여! 다치는 것이 두려워 왕성의 뒤에 숨어 있는 이들입니다. 지금까지 저희를 비천한 핏줄이라 멸시하며 힘과 권력이 제국민들을 지켜줄 것이라고 믿었던 저 권력의 개들의 진짜 모습입니다. 신의 거울에서 비쳤던 것처럼 그들의 관심사는 제국을 통치하고 우리들을 올바른 방향으로 이끄는 것이 아닙니다. 수탈하고 착취하며 자신들의 배를 채우는 것만이 그들이 원하는 전부입니다. 캐슬락 백작, 카트린 공작 부인, 엘리제 백작 부인 같은 일부 깨어 있는, 시민혁명지지선언문에 함께해 주신 분들을 제외한 이 나라의 모든 귀족은 사회의 암덩어리나 다름이 없습니다.

시킨 것은 확실히 하는 게 마음에 든다. 스폰서들의 이름을 밝히는 것 정도는 당연히 해야 할 일이다.

조금 불안해하는 내 인맥들은 아마 지금쯤 고개를 끄덕이고 있을 것이다.

힐끔 곁눈질로 나를 바라보는 오스칼의 얼굴에 지금 시작해도 되겠냐고 질문하는 것처럼 느껴졌기 때문에 나는 조용히 입을 열 수밖에 없었다.

'말 잘 듣는 건 마음에 드네.'

샤를리아가 처음부터 그녀 같았더라면 굳이 이런 귀찮은 일을 하지 않았어도 되었으리라.

나는 결국 입을 열었고 오스칼은 내가 말한 것을 그대로 대중들에게 전달했다.

"일어나셔야 합니다."

깃발을 치켜들며 자신의 검을 뽑아 들며 그렇게 안에 있는 목소리를 내뱉었다.

-일어나셔야 합니다!

"제국민들을 위한 제국을 만들어야 합니다."

-제국민들을 위한 제국을 만들어야 합니다!

-친애하는 동지 여러분! 그 누구보다 제가 먼저 앞장서겠습니다. 여러분들보다 제가 먼저 피를 흘릴 것입니다. 대의를 위한 피를, 여러분들을 위한 피를 흘리겠습니다.

"깨어나라."

-깨어나십시오! 많은 분들이 함께할 것입니다. 진실 된 신의 뜻을 알아주고 진정으로 제국을 위해 기도해 주시는 교황청과 저희를 지지해 주시는 일부 귀족, 이제는 한 가족처럼 함께 녹아든 이방인들까지 모두가 제국민 여러분들과 함께해 주실 것입니다!

"투쟁."

-일어나! 무기를 드십시오! 스스로의 권리를 스스로가 되찾으십시오! 친애하는 제국민 여러분. 투쟁의 때가 다가왔습니다! 이제는 싸워야 할 때입니다.

"마무리."

-신성한 민주주의를 위하여! 일어나! 싸우고! 투쟁하라! 내 동지들아!

수도 전체에서, 아니, 제국 전체에서 커다란 함성이, 귀를 울리는 폭음이 들려오기 시작했다.
말 그대로, 혁명의 불길이 치솟아 올랐다.

숨어 있던 이방인과 병력들이 지하에서 지상으로 쏟아져 나왔고 화염 마법이 사방에서 터져 나온다. 시민혁명단은 제국민들의 손에 무기를 쥐여주고 그들과 함께 불나방처럼 혁명의 불길 속으로 몸을 내던진다.

다수가 모이면 공포심은 사라지고 터져 나오는 광기는 쉽게 전염된다.

제국의 수도에서부터 시작되고 있는 이 혁명은 스폰서들이 다스리는 영지를 제외한 각 도시의 마력 홀로그램을 통해 실시간으로 중계되고 있었다.

타 도시의 시민들 역시 검을 들고 소리를 내지르며 거리로 뛰쳐나오고 있는 게 그다지 이상한 상황은 아닐 것이다.

"하얀아, 상황 어때?"

"다, 다른 도시도 전부 비슷한 것 같아요. 오빠 생각대로 됐어요!"

확실히 막스가 관리하는 홀로그램을 바라보자 기분 좋은 미소가 지어진다.

오히려 수도보다 더욱더 흥분한 군중들이 커다란 함성을 내지르고 있는 상황. 실황중계를 해주는 화면을 보자 뭔가 찌릿찌릿한 게 올라오기 시작했다.

코멘트를 달 수 없다는 게 천추의 한이다.

'개돼지 발언으로 커다란 활약을 보여준 부쉬 백작이 관리

하고 있는 중소도시 조지나.'

투입되어 있는 이방인들은 린델의 가로쉬 앤 캐쉬 클랜. 커다란 도끼를 들고 있는 갈오식이라는 놈이 괜찮은 실력을 가지고 있다는 건 알고 있었지만, 지금 보여주는 모습을 보니 상상하는 것 이상이다.

선동 실력도 수준급이라고 할 만한 수준이었다. 나중에 자리를 따로 만들어 보는 것도 나쁘지 않을 것 같았다.

-우리는 개돼지가 아니다!

-우와아아아아아아아아!

-제국의 주인이 될 것이다!

-일어나라! 동포들아! 투쟁하고 혁명하라!

-우리는 개돼지가 아니다! 제국의…… 주인이 될 것이다!

단언컨대 이곳보다 열정적으로 혁명에 임하는 곳은 없을 거라고 생각했다. 억압되어 있는 만큼 터져 나오는 게 커다란 것이다.

슬그머니 바티칸 영지 쪽으로 시선을 돌리자 이번에도 보기 좋은 장면이 그려진다.

대형 길드의 가깝다고 할 수 있는 일리다리 길드의 악마사냥꾼 임리단은 본인이 가장 앞장서 민중을 이끌고 있다. 전직의 영향으로 눈에서 초록색 기운을 뿜어내고 있기는 하지만 같은 편이라면 든든할 것 같은 외관이다.

-친애하는 동지들이여. 우리들의 손으로 운명을 잡아끌어야 합니다. 언제까지 피하고 있을 수는 없습니다!

-우와아아아아아!

-캐슬락 영지에서 지원군이 도착했습니다. 오늘 우리가 흘린 피는 무의미한 피가 아닙니다. 제국을 위해 살아갈 터전을 위해서입니다! 수도에서도 동포들의 총궐기가 시작되고 있습니다. 승리가 눈앞에 있습니다! 여러분 싸웁시다! 모든 준비가 되었습니다. 준비가 안 된 것은 바로 저들입니다.

'저 여자도 괜찮네.'

그 외에도 여러 가지 영지에서 여러 방법으로 혁명이 시작되고 있었다.

괜찮은 지역 같은 경우에는 벌써부터 힘의 방향이 기울고 있었다. 특히나 공화국과 살을 맞대고 있는 쪽은 빠르게 정리를 해야 한다고 생각해 이방인들과 명예귀족들을 밀어 넣었는데 그게 효과가 있었던 모양이다.

애초에 동부는 캐슬락 백작, 카트린 공작부인, 엘리제 백작부인의 텃밭. 가장 커다란 세력들이 함께해 준 만큼 빠르게 정리가 되는 것은 너무나도 당연한 이야기였다.

조금 힘들어하는 지역도 보이는 것 같지만 안전한 곳에 있는 내가 신경 쓸 일은 아니다.

'바젤 추기경은 물갈이를 시작하고 있을 테고…….'

이단심문관 헬레나와 제시카 대주교를 포함한 교황청의 인사들을 끌어들였으니 아마 성공적인 정권교체가 될 거라고 생각했다.

바젤을 제외한 또 다른 추기경 한 명도 바젤을 밀어준다고 하는 상황은 세 명의 템플러 중 두 명이 우리와 함께하는 셈이니 기분이 더욱더 좋아진다.

바젤 추기경이 교황의 자리에 올라간다면 나 역시 명예 추기경에 자리에 오를 수 있는 만큼 가슴이 선덕선덕해진다.

'현성이도 잘해주고 있을 거야.'

아직까지 공화국이 움직이기에는 이른 타이밍. 내부적으로 이 사건을 어떻게 판단하고 있을지는 모르겠지만 군대를 끌고 오는 것만으로도 삼 일이 더 걸린다.

'그전에 혁명은 마무리되겠지, 뭐.'

귀족들이 가지고 있는 병력을 모두 죽일 필요도 없다.

필요한 건 단지 일부 귀족들의 목. 일반 제국민에게 칼을 빼드는 것을 거부하는 병사들과 마력 홀로그램이 보여준 장면에 영향을 받은 이들은 자신들에게 봉급을 주고 있는 귀족들을 배신할 준비가 되어 있다.

제국민들을 희생시키고 싶지 않은 샤를롯트의 병력 역시 어쩔 수 없이 이쪽을 따라오고 있으니 이미 혁명은 반쯤 성공한 거나 다름없다.

지금도 충분하게 느껴지기는 하지만 그대로 불에 타는 장작에 기름을 끼얹어주고 싶은 것이 나 같은 놈들의 심정이다. 한 가지 영상을 더 내보내도 나쁘지 않을 것처럼 보였다.

"하얀아, 안기모 준비해."

"네? 안기모 씨요?"

"지금 여기에서 영상 찍고 곧바로 내보낼 거야. 숭고한 희생 장면이 필요할 것 같은데…… 아무래도 그 역할에 민주 투사 아르기모가 필요할 것 같거든."

"아아. 네! 안기모 씨, 안기모 씨! 오, 오빠가 불러요."

이런 종류의 혁명에는 숭고한 희생 장면이 하나 정도는 있어야 하는 법이다.

지구에서부터 배우를 꿈꿔 왔던 린델의 안기모는 이미 사정을 전해 들었는지 잔뜩 긴장한 표정으로 이쪽을 바라본다. 전 대륙에 뻗어 나갈 스크린 데뷔다. 본래는 녀석을 희생시킬 생각이 아니었지만 오히려 이게 더 나을 거라는 생각이 든다. 너무 리얼한 장면을 내보냈다간 일부 제국민들이 겁을 집어먹을지도 모르니까.

이들의 희생은 처참하고 처절한 죽음이 아니라 숭고하고 감동적인, 영화 같은 죽음이어야 한다. 내장이 쏟아지고 피가 흘러내리는 장면을 보고 싶은 사람이 누가 있겠는가.

"준비되면 말씀해 주세요. 안기모 씨."

"네. 부길드마스터. 이거 어떻게…… 동선을 짜야 하는지……."

"제국 갑옷을 입고 있는 병사들에게 화살을 맞는 장면입니다. 물론 화살은 가짜니 안심하셔도 되고요. 기왕이면 민주 투사 아르기모가 혁명에 가담한 소녀를 지키기 위해 희생하는 장면이 좋을 것 같습니다. 아, 예리야! 너도 이리 와봐."

"나. 이런 거 이제 안 한다고 했잖아. 나도 덕구 아저씨처럼 바깥으로 나갈래. 오스칼 지켜야 한다며."

"마지막으로 딱 한 번만 해보자. 저번에도 잘했으니까. 이번에도 잘할 수 있을 거야. 두 분 모두 대충 마법으로 위장해 주시고 정확히 10분 후에 큐 사인 들어가겠습니다. 어차피 내보낼 장면은 한 장면뿐이니까 부담 없이 해주시면 됩니다."

"아, 네. 알겠습니다. 부길드마스터."

"정말…… 하기 싫은데……."

"이번이 마지막이야. 진짜로. 약속할게."

"정말로 이번이 마지막이야."

"응. 그럼 준비해. 애드립 너무 많이 치지 말고. 대본은 여기지혜 누나가 설명해 줄 테니까."

"응."

프로 하나에 아마추어 하나였지만 준비는 순식간에 끝났다.

떨떠름한 표정으로 파란의 길드 직원 몇 명이 제국 병사의 갑옷을 입고 등장했고 안기모와 김예리는 시작해도 된다는 듯 고개를 끄덕인다.

하기 싫다고 말한 것과는 다르게 꼬맹이 김예리는 뭔가 기대하는 표정이다. 말로는 싫다고 했지만 꽤 즐거운 듯하다.

'솔직하지 못하네. 꼬맹이가.'

오케이 사인이 떨어지자마자 제법 박진감 넘치는 연기가 시작된다.

김예리는 자신의 몸보다 커다란 시민혁명단의 깃발을 들고 힘겹게 발걸음을 옮긴다. 그렇지만 눈에 있는 혁명을 향한 갈망은 숨길 수가 없다.

표정 연기가 가히 압권, 내가 다 살이 떨려온다. 어색했던 박덕구 때와는 다르게 두 번째는 완벽한 몰입감을 보여주고 있었다.

'연습이라도 한 건가.'

거울을 보며 연기 연습을 하는 김예리는 잘 상상이 되지 않지만 그게 아니라면 정말로 체질이라는 셈이 된다.

침을 한 번 꿀떡 삼켰을 때 김예리의 입에서 터져 나온 목소리.

"신성한 민주주의를 위하여! 투쟁하라! 혁명하라! 모두 함께 싸워 쟁취하자!"

깃발을 들고 뛰어다니는 장면은 그야말로 민주 투사의 모습이다.

투입한 엑스트라들이 함께 검을 휘두르고 이 좁은 공간에서 나름대로 멋진 연출이 시작되고 있었다.

활을 든 병사는 그 잔혹하고 비열한 화살을 민주주의를 갈망하는 소녀를 향해 조준했고 민주 투사 아르기모의 눈에서는 불길이 타오른다.

'키야!'

순간적으로 고민하는 아르기모의 표정은 확실히 몰입감이 있다.

바크더쿠와 함께 혁명의 상징으로 자리 잡은 아르기모는 대의와 소녀를 지켜야 한다는 쌍방의 감정이 교차한다.

"죽어라! 이 더러운 반역자야!"

파란의 길드 직원 한 명이 저도 모르게 애드립을 장전했지만 나쁘지는 않다.

비열한 기득권의 더러운 화살이 순진한 소녀를 향해 날아가는 순간 그 앞을 막아서는 것은 우리들의 영웅 아르기모.

"커헉!"

푹푹푹!

여러 발의 화살이 안기모에게 박혔다.

안기모의 모습은 제법 멋지게 흔들린다.

고통스러운 비명을 내지르거나 살려달라고 울부짖지도 않는다.

화살이 박힌 곳에서는 영화 같은 피가 흘러내린다. 점점 더 눈빛에서 힘을 잃어가는 아르기모와 그 모습을 멍하니 지켜보고 있는 작은 소녀.

"아!"

화면은 다시 아르기모를 비추고 어째서인지 다음 화살은 날아오지 않는다.

뭔가 이상하기는 하지만 지금 이 장면에 누가 그런 개연성을 따질 수가 있을까.

어디에선가 튀어나온 이방인이 그들을 제압했다고 생각할 것이다.

"아아아아!"

"괜찮습니다……. 괜찮…… 습니다."

다급한 김예리의 외침과 죽어가면서도 민주화에 대한 열망을 놓지 않는 아르기모.

화살에 맞은 채 억지로 몸을 일으키고 있는 모습은 대놓고 신파적이다.

그렇지만 이런 세상에는 이런 신파가 먹힌다.

“일어나야지요. 네! 제 동지들이 함께…… 싸우고 있습니다.”

“아…… 죄, 죄송합니다. 죄송합니다. 제가…….”

“아이까지…… 싸울 필요는 없습니다.”

이쯤 되니 손발이 오그라드는 느낌이 있었지만 대중들이 이걸 실제상황이라고 받아들일 걸 생각해 보면 용인해 줄 만하다.

여전히 아르기모는 비틀거리며 중심을 잡지 못한다. 그 몸을 이끌고 굳건히 서서 무기를 들다 그렇게 허물어진다.

“내가 흘린 피는…… 제국민들을 위한…… 자랑스러운…….”

중얼거리는 모습.

“타는 목마름으로……. 타는 목마름으로…… 신성한 민주주의여…… 만세.”

그렇게 녀석은 멋들어지게 눈을 감는다.

김예리의 눈에는 어느새 눈물이 가득 차오르지만 눈물을 닦아내고 민주 투사가 가지고 있던 무기를 집어 든다.

심하게 오그라드는 설정이기는 하지만 편집을 거치면 제법 봐줄 만하게 변신할 것이다.

한 손에는 깃발을, 다른 손에는 검을 쥐고 왕성을 바라보며 고함을 내지른다.

"컷!"

"이제. 정말로 안 할 거야."

"우리 김 배우! 연기를 왜 이렇게 잘해? 정말 완벽했어. 안기모 씨 역시 굉장히 멋졌습니다. 막스, 당장 이거 송출해."

"넵!"

"그 뭐야. 어색하다고 생각하는 장면은 적당히 노이즈 넣고 내가 무슨 말 하는지 알지?"

"넵!"

묘하게 기뻐 보이는 표정의 김예리와 성공적인 데뷔를 치룬 안기모는 위장을 풀고 다시금 이방인들을 지원할 준비를 마친다.

그사이에 그들이 찍은 영상은 약간의 편집 과정을 거쳐 전파를 타고 안 그래도 활활 타오르고 있는 장작에 다시 한번 기름이 쏟아진다.

"우와아아아아아아아아아!"

"신성한 민주주의여! 만세! 만세!"

"베니고어 여신님이 함께하신다! 일어나 투쟁하라!"

"아르기모의 희생을 헛되이 하지 마라! 깃발을 들고 일어나자 민중들아!"

왕성으로 향하려고 하는 이들과 그걸 막으려고 하는 이들의 싸움.

바크더쿠의 보호 속에서 민중과 함께 투쟁하고 있는 오스칼을 보자 절로 고개가 끄덕여지기 시작했다.

제법 정체되고 있는 타이밍. 이럴 때 든든한 지원군이 등장하는 것도 역사의 한 페이지를 장식하기에 충분할 것이다.

"나갈 준비합시다."

황제와 샤를리아의 통수를 강하게 후려칠 시간이 다가오고 있었다.

82장
반쪽짜리 혁명

사방이 불길로 둘러싸여 있었다.

여러 비명이 터져 나왔고 입술을 꽉 깨물며 흘러내리는 투구를 고쳐 잡을 수밖에 없었다. 자꾸만 시야를 가리니 불편하다.

숨소리가 더욱더 거칠어지는 것은 물론 입에서는 괜스레 욕지기가 튀어나왔다.

"제기랄. 제기랄……."

"발사, 발사하라! 저들은 제국민이 아니라 마녀에게 홀린 반역자들이다! 화살을 멈추지 마라! 절대 황성으로 들어오게 하지 마라! 손에 인정을 두지 마! 저들을 이곳으로 오지 못하게 하라!"

'반역자. 반역자야.'

해야 할 일을 해야 한다고 생각하면서도 쉽사리 활시위가 당겨지지 않는다.

아마 비슷한 기분을 느끼고 있는 것은 자신뿐만이 아닐 것이다. 바로 옆에 있는 동료 역시 화살을 당기지 못하고 있었다.

제발 맞지 말라고 기도를 드리며 하늘로 쏘아 보내는 게 고작이다.

'제기랄! 제길! ×발!'

"하늘을 바라보지 마라! 악마의 속삭임이다. 베니고어 여신의 축복이라는 것은 거짓된 이야기다! 저건 여신의 거울이 아니야! 오스칼의 말은 전부가 거짓말이다! 그들의 말에 현혹되어서는 안 된다. 아무것도 믿지 마! 오직 황제 폐하만이 옳다! 당황하지 마라! 당황하지 마!"

거침없이 소리를 내지르지만 백인장 역시 얼굴에 불안함이 감돌았다.

당황하지 말라고 연신 입을 열고 있는 것을 보니 어쩌면 본인에게 전하는 메시지일지도 모른다고 생각했다. 아마 자신 역시 뭔가 이상하다는 걸 느끼고 있을 것이다.

'악마의 속삭임은 무슨!'

정말로 황성에서 말한 것처럼 저것이 악마의 속삭임이라면 지금쯤 교황청의 이단심문관들이 저들을 막으러 나왔어야 했다.

하지만 오히려 일부 사제들이 제국민들과 함께하는 상황. 이방인 사제뿐만이 아니라 실제 교황청에서 기도를 드리는 사제들 역시 함께하고 있다는 건 아무리 생각해도 이해가 되지 않았다.

공식적인 발표는 없었지만 교황청에서도 저들이 틀리지 않았다고 판단한 것이 틀림없으리라.

만약에 교황이나 다른 추기경들 역시 눈앞에 있는 여신의 거울을 확인했다면 어떤 이가 선이고 어떤 이가 악인지 제대로 인지하고 있을 거라고 생각했다.

'거짓말이 아니야.'

저것은 절대 거짓이 아니다.

실제로 부쉬 백작이 다스리는 영지에서 나고 자란 자신은 그곳이 어떻게 돌아가고 있는지 그 누구보다 잘 알고 있다.

굶주린 제국민과 자신의 배를 채우기 바쁜 귀족. 영지민들은 오늘 하루도 제발 잘 지나가기를 걱정하며 살아야 했고 매일 밤 다른 사건이 생기지 않기를 베니고어 여신께 기도드려야 했다.

어째서 우리의 삶은 이토록 비참한가.

정말로 베니고어 여신님이 계시다면 어째서 우리들을 돌보아주지 않으신가에 대해 매번 생각할 수밖에 없었다.

'저들이 맞는 거야.'

신에게 문제가 있는 것이 아니다.

문제가 있는 것은 여신을 반역한 귀족과 황족들이다.

'여신 아래 만인은 평등하다.'

베니고어 여신님께서 처음부터 귀한 자와 귀하지 않은 자를 구분하셨을 리가 없다. 여신의 거울은 여신이 민중에게 내린 깨달음의 성서이며 무기이다.

깨어 있지 않은 모든 민중을 계몽시키기 위해 내리신 장치다. 자꾸만 그런 생각이 머릿속에서 떠나지 않고 있었다.

민중을 인간으로 여기지 않고 개돼지로 여기는 것은 물론 수탈해야만 대상으로만 보고 있는 귀족, 제국민의 세금으로 사치스러운 생활을 하는 황족.

'빵이 없으면 케이크를 먹으면 된다고? 무슨…… 미친 소리를 하고 자빠진 거야, 그게 무슨 미친 소리야!'

"그게 말이나 되는 소리냐고……."

아직도 북부나 서부의 외곽에 있는 도시에는 빵은커녕 풀죽도 먹지 못하는 민중이 수천, 수만이다.

수도로 오기 전에는 케이크 같은 것은 동화에서나 나오는 것인 줄로만 알았다. 지금 자신이 받는 봉급으로도 사려면 각오를 해야 하는 종류의 사치품이다.

언제나 항상 민중을, 제국민을 생각한다고 말하지만 정작 황족들은 자신들이 어떤 생활을 하는지 관심조차 없었다.

귀족들이, 황족들이, 이 제국의 기득권이라고 할 수 있는 자들이 어떤 생활을 하고 있는지 그 단면을 본다면 이상한 일도 아닐 것이다.

청렴하고 사치를 하지 않기로 유명한 제2황녀 샤를롯트 님 역시 평민의 기준으로는 상상도 할 수 없는 금액을 품위 유지비로 사용한다. 단언컨대 황족이 가지고 있는 금고를 연다면 수만 명의 제국민이 굶주리지 않고 살 수 있으리라.

“일어나야 합니다! 함께 일어납시다! 이 제국은 황족의 것이 아닙니다. 베니고어 여신님의 것이며 모든 제국민의 것입니다!”

“오스칼 님을 따르자!”

“신성한 민주주의를 위하여!”

깃발을 든 채 민중을 이끄는 오스칼의 모습은 매번 듣던 모습과는 다르다.

그녀의 인상은 마치 여신처럼 강렬했다.

사제들이 내보내는 축복과 신성력 속에서 빛을 받고 있는 황금색 머리카락을 가진 여인. 그 모습은 숭고하기까지 하다.

저도 모르게 하늘 위를 바라보자 여신의 거울에 새로운 이들의 모습이 보이기 시작했다.

아직 어린 소녀였다. 커다란 깃발을 제대로 들지도 못하는 소녀. 조금 일찍 결혼해 아이를 낳았다면 아마 딱 저 정도의 딸이 있었을지도 모른다.

착잡한 마음에 다시금 고개를 들었을 때 보인 것은 자신과 같은 갑옷을 걸치고 있는 제국의 병사. 비열하게 입꼬리를 올리며 여신의 이름을 부르짖는 소녀를 향해 시위를 당기고 있는 모습에 저도 모르게 입에서는 목소리가 튀어나왔다.

"안, 안 돼!"

'어린아이까지 쏘는 건가……!'

자신 역시 제국의 병사라는 입장에 있다.

하지만 저런 소녀를 향해 시위를 당길 이유가 무어 있단 말인가.

깨문 입술에 힘이 들어가고 손은 부들부들 떨려온다.

불행인지 다행인지는 모르겠지만 소녀의 앞을 가로막은 한 남자 때문에 소녀가 목숨을 건지는 모습이 보였다.

그렇지만 화살에 맞은 남자는 비틀거리며 땅바닥에 쓰러지기 시작. 천천히 눈을 감는 모습을 바라보니 괜스레 가슴이 먹먹해진다.

-타는 목마름으로. 타는 목마름으로…… 신성한 민주주의여…… 만세.

무엇이 옳고 무엇이 그른가.

'제길.'

지금 나는 이곳에서 무엇을 하고 있나.

모든 민중이 싸우고 있다.

심지어는 이전 기득권이라고 할 수 있는 귀족들 역시 시민혁명지지선언문을 낭독하고 있고 제국과는 아무 관련이 없는 이방인들 역시 여신의 뜻에 하나가 되어 성스러운 검을 들고 있다.

어째서 저들의 편에서 함께 검을 들지 못하고 저들을 향해 화살을 쏘아야 하는지, 어째서 우리들을 괴롭히고 억압한 이들을 지켜야 하는지.

그 어떤 것도 이해할 수가 없었다.

"다른 생각은 하지 마."

"선배님."

"마이크, 널 위해서 하는 말이야. 다른 생각은 하지 마. 우리는 운이 없었던 거야. 어쩌다가 저들의 반대편에 서게 됐을 뿐이야. 지금 우리가 이대로 등을 돌린다면 제국민이 아니라 뒤에 있는 기사의 검에 맞아 죽을 거다. 너뿐만이 아니야. 지금 당장 이 자리를 뛰쳐나가고 싶어 하는 이들이 적어도 몇천은 넘을 거다."

"그렇다면 어째서……."

"그게 우리 같은 놈들의 삶이다, 마이크. 바람이 불고 파도가 치는 대로 이리저리 끌려다니는 거……. 그게 우리 삶이야. 나라고 좋아서 활시위를 당기고 있는 것이 아니야."

"여신님이 천벌을 내릴 것입니다, 선배님. 죽어서도 편해지지 못할 거예요."

"아니. 여신님도 용서해 주실 거다. 그래…… 분명히 용서해 주실 거야. 어쩔 수 없는 일이었다고 그렇게 등을 두드려 주실 거다."

"그렇지만……."

"……."

콰드드드득!

콰아아아아아앙!

"멈추지 마라! 손을 멈추지 마!"

"여러분들도 제국민입니다! 함께 일어나 싸웁시다! 그대들의 검이 향해야 할 곳은 같은 제국민이 아닙니다! 황실의 병사, 기사들이여. 같이 일어납시다. 같이 싸웁시다!"

"아아아악! 방어 마법을 준비해!"

"적들의 말에 귀 기울이지 마라! 지금 당장은 폐하를 지키는 것만 생각해야 한다. 폐하를!"

"그대들의 황제는 어디에 있습니까! 무엇을 위해서 싸우고 있는 겁니까! 제국의 병사들이여!"

"마녀다! 오스칼은 마녀야! 차라리 귀를 막아라! 귀를 막아!

제국의 병사들이여! 황제 폐하의 검이 되기로 충성을 맹세한 사실을 잊지 않았다면 화살을 퍼부어라! 악마에게 홀린 이들을 구원하라!"

"사제! 사제를 불러!"

"우리는! 그대들을 향해 검을 드는 것이 아닙니다! 무기를 내리세요! 무기를 내리고 거짓 황제가 아닌 여신의 뜻을 가슴에 품고 싸우세요!"

"황제 폐하를 지켜!"

"제가 여러분들을 지켜드리겠습니다! 제가 함께하겠습니다!"

여러 가지 목소리들이 뒤섞여 들어오기 시작했다. 그사이에 폭음과 비명들이 계속해서 섞여서 들려오고 있다.

백인장의 말 그대로 차라리 귀를 막고 싶은 심정이었다.

'그래. 어쩔 수 없는 거야.'

이건 어쩔 수 없는 일이다.

황제 폐하를 위해 싸우기로 여신님께 맹세했다. 그 맹세를 저버릴 수는 없다.

선배의 말대로 이곳에서 죽더라도 여신님은 이해해 주실 것이다.

어쩔 수 없었다고 잘했다며 등을 두드려 줄 것이다.

입가가 일그러지고 손이 부들부들 떨리기 시작할 때 의외의 목소리가 들려왔다.

"황제가 황성을 빠져나간다!"

'어?'

"황제와 샤를리아 황녀다! 황성을 빠져나가고 있다!"

'그…… 그게 무슨…….'

다시 한번 고개를 위로 올리자 여신의 거울이 비추고 있는 그들의 모습이 보였다.

기사들에게 둘러싸인 채 빠르게 황성의 뒷문으로 빠져나가고 있는 모습은 가관이었다. 그들뿐만이 아니다.

황성에 머물러 있던 일부 귀족들 역시 마찬가지로 가장 안전한 장소에서 숨어 있던 것으로 모자라 싸움이 벌어지려고 하는 이곳을 벗어나는 것이다.

"이 나쁜 개새끼들! 이 더러운 놈들아! 네놈들이 그러고도 제국을 다스린다고 말할 수 있는 것이냐!"

저게 바로 자신이 충성을 맹세한 대상이다. 이 커다란 제국의 절대자로 군림하던 이의 모습이다.

눈에 불꽃이 튀었다.

저도 모르게 화살을 조준해 여신의 거울에 비친 황제에게 쏘아 보냈을 때였다.

툭.

하는 소리와 함께 무엇인가에 맞은 화살이 맥없게 바닥으로 떨어진 것.

"어……."

"저게…… 뭐야……."

커다란 그림자가 점점 수도에 드리우는 것이 보인다. 방금 전까지 볼 수 있었던 여신의 거울은 무언가 거대한 물체에 가려 보이지도 않는다.

마치 밤이라도 된 것처럼 잠깐 동안 해를 가린 생명체의 모습은 가히 압권이었다.

어떻게 저렇게 거대한 몸을 가진 이가 하늘에 떠 있을 수 있는지 제대로 이해하기 힘들 정도였다.

"아아아…… 아아……."

저게 무엇인지 눈치채지 못할 리가 없다.

이야기 속으로만 내려오던 존재.

"진짜…… 진짜 있었어."

주변에 있는 다른 병사들 역시 멍하니 하늘을 바라보며 중얼거리기 시작.

콰드드드드득! 콰지지지지지직!

병사들을 그대로 지나친 거대한 발톱이 황성에 박힌다.

후드득 후드득 황성을 만드는 데 사용되었을 단단한 돌의 파편이 바닥으로 떨어지기는 하지만 그 거대한 생명체는 황성의 위를 자신의 둥지인 양 점거하기 시작했다.

그워어어어어어어!

피부가 진동해 올 정도로 거대한 소리가 땅을 울리고 그 하울링에 시끄러웠던 장내가 순식간에 조용해진다.

'드래곤.'

어째서 저런 생명체가 이곳에 있는지는 뻔할 뻔자.

용에게 선택받은 이방인, 제국 8좌이며 신성 제국의 명예 주교.

보기만 해도 오금이 저리는 드래곤의 머리 위에 작은 인간이 뿔을 잡은 채로 중얼거리는 모습이 보였다.

"어딜 그리 바삐 가십니까, 황제 폐하."

'나이스야.'

무척 재미있는 상황이었다.

나도 모르게 기분 좋은 미소가 그려지는 것은 당연지사.

황제와 귀족들에게 박수라도 보내고 싶은 심정이었으니 다른 수식어는 필요 없으리라.

'도망치고 있었네.'

황제 쪽을 잘 캐치해 준 정하얀에게도 상을 줘야겠다고 생각했다.

사실 어느 정도 예상하기는 했다. 역사적으로 봐도 국가적 위기를 맞이한 상황에서 가장 먼저 도망친 것은 언제나 기득권이었으니까.

담담하게 최후를 맞이하거나 끝까지 백성들과 함께하는 이들은 손에 꼽힐 만큼이나 적다.

당연하지만 저 우둔한 황제와 적폐축제를 벌이는 귀족들이 그런 아름다운 선택을 할 수 있을 리가 없다.

'이해를 못 하는 건 아니지만…….'

한 집단의 수장이 안전해야 한다는 건 공감할 수 있는 이야기다.

그렇지만 그 행동이 사람들에게 어떻게 받아들여지는지에 대한 것은 온전히 그들의 책임. 여신의 거울이 비추고 있는 황제를 허탈하다는 표정으로 바라보는 병사들의 표정에는 이미 불신이 가득했다.

'타이밍도 나쁘지 않고.'

멍하니 디아루기아를 바라보며 하나둘 무기를 떨어뜨리는 모습은 그중에서도 가장 압권이라고 할 수 있다.

사실 드래곤은 무적이 아니다.

몸이 성치 않은 상태로 싸우기는 했지만 실제로 캐슬락에 모인 이들은 디아루기아를 죽기 직전까지 밀어붙였다.

조금 더 자세하게 말하면 그녀의 아이를 인질로 잡은 악당 덕분에 몇 시간 동안이나 샌드백을 두드렸을 뿐이지만 그래도 승리라면 승리라고 할 수 있는 부분이라는 거다.

드래곤의 단단한 가죽도 마력을 밀어 넣은 마법이나 검을 맞으면 뚫리게 마련이다.

기본적인 저항력이 강하기는 하지만 드래곤 역시 체력의 한계도 있고 내구의 한계가 있다.

하지만 중요한 것은 그녀가 얼마나 강한지가 아니다. 그녀가 가지고 있는 가치와 상징성이 더욱더 중요하다.

내가 시키는 대로 하기는 했지만 여전히 의구심이 남는 모양인지 속으로 말을 걸어오는 디아루기아의 목소리가 들려왔다.

-적진의 한가운데에 있는데…… 정말로 이걸로 괜찮은 겁니까?

'물론. 애초에 제대로 싸우려고 했으면 멀리서 브레스나 쏘아대면 되는데 뭐하러 여기까지 들어왔겠습니까? 자잘한 공격은 우리 쪽 마법사들이 보호해 줄 겁니다. 굳이 지금 여기서 인간들을 밟아 죽일 필요도 없고 적당히 폼잡으면서 소리나 지르시면 됩니다.'

-기분이 좋지는 않습니다. 뭔가 구경거리가 된 기분이라…….

'착각입니다, 디아루기아. 구경거리가 아니라 경외의 대상이라고 부르는 게 더 적절할 겁니다. 그러니까 마력 같은 것도 팍팍 집어넣어서 '그워어어어' 한 번 더 울어주시면 됩니다. 혹시

뭐 피어 같은 거라도 사용하실 수 있으시면 해주시고요.'

-약속은 지키셔야 합니다.

'물론입니다.'

어딘가에 등장하는 투명한 드래곤은 아니지만 아무튼 간에 디아루기아는 다시금 힘차게 울부짖었다.

"그워어어어어어어어어!"

그 소리를 듣고 일부 병사들은 혼란에 빠지기 시작했다.

시민혁명단 쪽까지 그 여파가 미칠 정도였으니 굳이 어느 정도였는지에 대한 설명은 필요가 없다.

당연하지만 이쪽을 바라보고 있는 것은 민중이나 병사뿐만이 아니다.

황제 역시 눈을 동그랗게 뜨고 이쪽을 바라보고 있었다. 늙은 영감의 얼굴에 한 줄기 희망이 솟아나 있었다는 것이었는데 아마도 나를 구원자쯤으로 여기는 모양이다.

나와 디아루기아가 이 폭동사태를 해결해 주기를 바라고 있는 것이다. 아직까지도 이쪽이 자신의 통수를 후려갈긴 줄 모르고 있으니 나라 꼴이 이렇게 되는 것도 무리가 아니라고 생각했다.

"오오오. 이기영 명예주교! 드디어 와주었군. 드디어 와, 와주었어!"

"……."

"내 자네가 올 줄 알고 있었지. 충성스러운 자네가 오리라는 걸 알고 있었어. 당장. 지금 당장 저 반역자들을 모두 죽여 버리게……. 다, 당장!"

"……."

"이…… 어리석은 반역자들. 허…… 허헛. 그게 드래곤인가 보군. 믿음직스럽네. 명예주교. 아암, 너무나도 믿음직스럽구만."

"……."

황제뿐만이 아니다. 함께 있던 귀족들 역시 아이돌이라도 만난 삼촌 팬들처럼 열렬한 응원을 내보내고 있다.

황제나 귀족들처럼 크게 소리를 내지르고는 않지만 마치 로미오를 만난 줄리엣 같은 눈빛을 보내고 있는 샤를리아의 모습은 그 정점이다.

그렇지만 굳이 그녀와 이야기를 할 필요는 없다.

"명예주교님! 하하하핫! 오실 줄 알았습니다! 저 더러운 반역자들을 지금 당장 죽여 버립시다!"

"명예주교님! 명예주교님! 기다렸습니다!"

"어서! 저들을 쓸어버리게! 명예주교! 저 악마들을 지금 당장 몰아내야 하네!"

애초에 이방인들 역시 이 혁명에 가담했다. 어째서 내가 자신들의 편이라고 여기는지는 모르겠지만 아마 그렇게 믿고 싶은 것뿐이리라.

나라도 황성에 자리를 잡고 제대로 포효하고 있는 드래곤을 적이라고 생각하고 싶진 않을 것이다.

가열 차게 돌아가는 행복 회로를 부수고 싶어진 것은 당연. 잠깐 정적이 찾아온 장내에 이쪽의 목소리가 울려 퍼졌다.

“뭔가 오해가 있으신 것 같습니다, 여러분. 저는 여러분들의 아군이 아닙니다, 하핫.”

“어?”

“저 역시 시민혁명단의 일원이자 오스칼 님을 따르는 제국민 중 하나라 이겁니다. 폐하.”

믿기 싫다는 얼굴. 배신당한 표정. 당황과 혼란으로 흔들리는 눈동자.

“자, 장난은 되었네…… 명예주교. 허…… 허허…… 내가 이거 명예주교를 너무 섭섭…… 하게 한 모양이구만. 그, 그래! 무엇이 문제였나. 명예주교. 여, 역시 북부에 영지를 준다는 게 마음에 들지 않았나 보구만……. 그래…… 내가 잘못 생각했네. 원하는 곳이라면 어디든지 말해보게나. 내, 내가 줄 수 있는 것이라면 모든 걸 주겠네! 명예주교!”

“하하하. 제가 원하는 것은 그런 것이 아니옵니다. 폐하.”

“그, 그럼 무엇을 원하는 겐가. 내 자네의 말이라면 무, 무엇이든 들어줄 수 있네.”

"폐하께서 윤허하지 않으셔도 제가 원하는 건 이루어질 겁니다, 폐하."

표정이 천천히 일그러지기 시작했다. 아무래도 내가 생각하는 것보다도 나를 믿고 있었던 모양이다.

이런 배신감을 느끼게 해 조금 미안하기는 했지만 아이러니하게도 기분이 좋다.

숨을 크게 들이마신 이후에 커다란 목소리로 외쳤다.

정하얀의 음성 증폭 마법이 날아 들어왔고 이윽고 내 목소리는 다시금 수도를 울리기 시작했다. 여신의 거울도 나와 디아루기아를 비추고 있으니 아마 전 제국에 내 모습이 중계되고 있으리라.

"저 모습을 보십시오! 제국의 병사들과 황제를 따르는 기사들이여!"

"명, 명예주교……."

"그대들이 지키자고 했던 황제의 모습을 그 눈에 똑똑히 새겨 보십시오! 저게 바로 그대들이 목숨을 바치면서까지 지키자고 했던 구 제국, 기득권의 실체입니다. 그대들을 희생양으로, 버린 말로 전장에 내몰아 자신들의 안위만을 생각하며 목숨을 부지하려는 이들입니다! 저것이 과연 제국에 어울리는 지도자라고 할 수 있겠습니까!"

"지금 그게 무슨……. 명예주교!"

"제국에 필요한 것은 제국민을 착취하고 자신들의 안위를 챙기는 이가 아닙니다. 그 누구보다도 먼저 앞장서서 그대들을 위해 싸우는 이들입니다!"

딱 적당한 타이밍에 절묘하게 카메라가 오스칼 쪽으로 돌아간다.

땅바닥에 뒹굴었는지 흙먼지는 뒤집어쓴 것만 같았고 부서진 갑옷 틈새로 피가 흘러내리고 있다. 머리에 땀이 송글송글 맺힌 오스칼의 얼굴은 그야말로 내가 이전에 말했던 지도자의 모습에 어울린다.

다시 한번 손짓하자 정하얀의 카메라는 황제 쪽으로 이동했다.

잔뜩 겁에 질린 채 부들부들 떨고 있는 모습은 오스칼의 모습과 대비되었다.

아마 저 황제를 위해 싸우는 이들은 대부분 이런 생각을 하고 있을 것이다.

'이게 내가 충성을 바친 대상이구나.'

현자 타임이 오는 것도 무리가 아니라는 거다.

"무기를 버리십시오! 제국의 병사들이여! 무기를 버리고 우리와 함께 싸우십시오! 그대들 역시 제국의 일원이고 우리와 함께할 자격이 있습니다. 여신의 거울이 우리를 비추고 있습니다. 자신이 어느 쪽의 편에 설지에 대한 판단은 여러분이 직접

하셔야 합니다. 모든 것은 베니고어 여신님의 뜻입니다. 여신님이 함께하실 것입니다. 저! 이기영 명예주교가 여러분들과 함께할 것입니다. 바젤 추기경님과 많은 사제님들! 신성기사단이 역시 저희와 함께할 것입니다! 추악한 기득권의 편에 서겠습니까. 아니면 신성한 민주주의에 품에 안겨 영광스러운 여신의 성전에 함께하시겠습니까!"

슬그머니 선희영 쪽을 바라본 것은 당연지사.

여기저기에서 신성력이 뿌려진다.

이쪽과 함께하고 있는 모든 사제는 물론 이방인들마저 다함께 신성력을 뿌려대니 그 모습 또한 장관이다.

"여신님은 말씀하셨습니다. 여신 아래 모든 인간은 평등하다. 저희는 지금껏 그 말씀을 잊고 살아왔습니다. 모두가 죄인입니다. 하지만 용서받을 수 있습니다. 저희가 여신님께 죄를 저지른 것은 저들의 탓입니다. 베니고어 여신님의 뜻을 반역한 저들을 몰아낸다면 우리는 스스로 여신님께 용서받을 수 있습니다. 지금이라도 늦지 않았습니다. 제국민 여러분! 성전에 함께하십시오! 여신님에게 대항하지 마시고 여신의 검이 되십시오!"

찬송가와 기도회라도 열고 싶었지만 그렇게 할 수 없는 게 천추의 한이다. 그렇지만 효과가 없을 리 없다.

신성력에 둘러싸여 찬란한 빛을 내 뿜고 있는 시민혁명단.

숨기 급급해 부들부들 떨고 있는 제국의 병력.

병사들은 하나둘 무기를 버리고 갑옷을 벗기 시작하고 제국의 편에 섰었던 사제들 역시 진영을 바꾸기 시작한다.

"저, 저도 함께하겠습니다!"

"저 역시 여신의 편에 서서 검을 들겠습니다."

백인장이나 일부 기사들이 고래고래 소리를 지르고 있기는 하지만 이미 대세는 기울어졌다.

'장관이네. 장관이야.'

지금까지 여러 태세 전환을 봐왔지만 지금 내가 보고 있는 광경은 유래 없는 대규모 태세 전환이다.

제국민의 99.9%가 베니고어 여신님의 신자.

종교와 이념을 섞어놓는 게 완벽하게 맞아 떨어졌다.

"저 더러운 기득권들의 목을 치고! 제국민을 위한 신성한 민주주의를 되찾아오는 것만이 우리의 죄를 회개할 수 있는 유일한 방법입니다! 여러부운! 민주 투사 아르기모의 희생을 헛되게 해서는 안 됩니다! 함께 갑시다!"

"이, 이기영 명예주교오오오오! 샤를롯트는 어디에 있느냐! 샤를롯트는! 당장 저…… 저! 커…… 허어어억!"

항상 개미만 한 목소리로 이쪽을 짜증 나게 만들었던 황제의 고함 소리는 지금에 와서는 정겨운 노랫소리처럼 감미롭다.

뒷목을 잡고 부들부들 떨고 있는 모습이 보였다. 심지어 다리가 풀렸는지 그 자리에 풀썩 쓰러져 버린다.

샤를리아는 믿기 힘들다는 얼굴과 이럴 리가 없다는 표정으로 귀족들을 밀치고 자신의 얼굴을 내보이기 위해 노력하고 있다. 내가 황제는 버려도 자신을 버릴 리가 없다고 생각한 것이다.

"이, 이럴 리가 없습니다. 그럴 리가 없습니다. 명예주교님이 저를 버릴 리가 없습니다! 이기영 명예주교님! 저도 함께 있습니다! 저 샤를리아입니다! 샤를리아입니다! 이기영 명예주교님과 사랑을 속삭였던 샤를리아입니다. 함께하자 약속을 드렸던 샤를리아입니다!"

사랑을 나눴던 기억은 없다.

자신의 목소리가 닿을 거라고 생각하고 있겠지만 이미 여신의 거울은 그들을 비추고 있지 않다.

대신 다시 한번 나를 비추고 있었고 다시 한번 오스칼을 비춰주고 있었다.

미디어라는 것이 이래서 무섭다.

이미 제국민과 혁명단은 흥분할 대로 흥분한 상황, 황성으로 들어가는 문을 지키던 병력은 반절 이상이 태세 전환을 마쳤고 이미 시민혁명단은 황성으로 침입하고 있다.

안에 있는 여러 귀족이 피를 흘리는 것은 이미 예정된 이야기.

물론 나와 디아루기아는 굳이 아무것도 하지 않는다. 아무것도 하지 않아도 이미 모든 일은 해결되어 있을 것이다.

갑작스레 지금 황제를 잡는 게 좋을 것 같다는 생각이 들어 나도 모르게 아래를 내려다봤지만 눈에 보이는 건 아직까지 나를 애타게 부르고 있는 샤를리아의 얼굴뿐이다.

'쯧.'

황제는 이미 실신하기 일보 직전인 상황이라 말을 하지 않으려고 했지만 아무래도 불편한 진실을 이야기할 때가 된 것 같이 느껴졌다.

"샤를롯트 황녀 전하 역시 우리 시민혁명단을 지지해 주고 계십니다!"

나름의 폭탄 발언이다.

나만 원망 받는 것은 조금 억울하기도 했고, 혹시라도 어딘가에서 숨어 있을 샤를롯트를 보호하기 위한 조치이기도 하다.

황성 근처를 가득 메운 민중의 함성과 함께 황제와 샤를리아의 표정은 전력으로 일그러지고 있다.

"커허어어억!"

발작이라도 온 것처럼 경기를 일으키는 황제와 비명을 지르는 샤를리아.

"샤를롯트! 샤를롯트! 너였구나! 너였어. 네가 명예주교님을! 네가!"

구경하는 사람의 입장에서는 놓치기 싫은 종류의 가족 드라마다.

'쯧쯧. 콩가루도 이런 콩가루가 없구만…….'

물론 그 콩가루에 이쪽의 지분이 몇 퍼센트 정도 있다는 건 인정한다.

하지만 아니 땐 굴뚝에 연기 날 리가 없다.

사실 저들이 어떻게 되는지는 이제 나와는 하등 상관없는 이야기. 일이 마무리되고 있는 지금도 별로 관심이 가지 않는다.

황권은 어차피 박살 났다. 만에 하나 이 혁명이 성공하지 못하더라도 땅에 추락한 황권을 다시 하늘 위로 올릴 수는 없을 것이다.

'그럴 가능성은 없지만.'

말 그대로 이번 일이 실패할 가능성은 제로.

질질 끄는 힘 싸움 기간이 제법 길어질 수도 있을 거라고 생각했었지만 기존 기득권들이 보여준 흥분한 모습은 미묘한 위치에 있었던 이들의 마음을 돌리기에 충분했다.

내가 만약 제국의 병사였다고 하더라도 자연스럽게 태세 전환 버튼을 눌렀으리라.

이제 저들에게 남은 것은 진심으로 황제를 모시는 충신과 몇몇 기사 그리고 결국에는 여신의 편에 서는 것을 선택하지 못한 병사가 전부.

제국 기사단의 빅터하르트 영감이 어떻게 움직일 건지에 대해서 조금은 걱정되기도 했지만 별다른 소식이 들려오지 않는 것을 보니 희라 누나가 잘 막아주고 있는 모양이다. 사실 흘러가는 상황을 보면 굳이 희라 누나를 보낼 필요도 없었던 것은 아닌가 생각해 볼 정도였다.

'이번에도 그 영감은 선택하지 않았을 거야.'

그가 지키는 게 제국인지 아니면 저 늙은 황제인지 본인 역시 혼란스러울 것이 분명하다.

반역자라는 이름의 제국민에게 그가 검을 휘두르는 장면은 잘 상상이 되지 않는다. 마찬가지로 그가 황제에게 검을 휘두르는 장면도 상상하기 힘들다.

이번에도 영감은 어느 쪽도 선택하지 못한 것이다.

그 강한 무력을 가지고 있음에도 불구하고 휘두르는 것을 무서워하니 내 입장에서는 이해가 가지 않는다.

'똑똑하다고 해야 하나, 멍청하다고 해야 하나.'

다른 사람들의 기준에서는 어떨지 모르겠지만 적어도 내 기준에서 빅터하르트는 멍청이 중의 멍청이다.

황성의 아래에서는 계속해서 고함과 비명이 들려오고 있었다.

"여신의 반역자들을 찾아라! 여신의 반역자들을 찾아내! 왕성 안을 전부 다 뒤져! 어딘가에 숨어 있을 것이다! 분명히!"

"시녀들은 죄가 없습니다! 죄 없는 이들을 해치는 것은 여신님께서도 용서하지 않으실 것입니다. 우리가 죄를 회개했듯이 그들 역시 우리와 함께할 수 있습니다!"

"이 미친 반역자들이! 무릎을 꿇어라! 다, 당장 무릎을 꿇지 못할까! 더럽고 미천한 평민들이 어딜 감히! 나에게 손을 대는 것이냐!"

"살려주십시오. 제발…… 제가 잘못했습니다. 살려주십시오!"

"단 한 놈도 살려두지 마라! 이단심문관들은 무얼 하고 있는 게냐! 당장 여신의 반역자들이 악마와 결탁했다는 사실을 알아내지 않고!"

"끌어내라! 모두 끌어내!"

여러 가지 목소리들이 섞여서 들려온다.

그야말로 집단 광기나 최면에 빠진 사람들을 바라보는 것 같은 기분이 든다.

여전히 오스칼은 민중을 이끌고 있었고 왕성 안에 있는 죄 없는 이들을 보호하는 한편, 숨어 있는 귀족들을 색출해 내기 시작했다. 그 와중에 이단심문관들도 출동하는 것을 보니 이미 교황청 내부에서 펼쳐진 바젤 추기경의 일 역시 잘 마무리된 것 같았다.

이미 제국민들이 수도의 뒤편 입구까지 봉쇄하며 조여 오고 있으니 황제와 샤를리아는 이미 잡힌 것이나 다름이 없다.

안 그래도 여신의 거울이 죄 많은 이들을 계속해서 비추고 있는 상황이니 버티는 것도 한계가 있을 것이다.

브레스라도 한 번 쏴줘야 하는 거 아닌가 하는 생각을 해봤지만 그렇게 할 수 없는 게 아쉬울 뿐이었다.

"푸흐하하하하핫."

정리하자면 웃음이 나오는 것도 이상한 상황이 아니라는 거다.

그 와중에 나를 빤히 바라보는 정하얀의 표정이 보인 것은 당연지사. 살짝 고개를 끄덕이니 신난다는 듯이 시야에서 사리지는 모습이 보였다.

뭘 하려는 건지는 모르겠지만 아마 제1황녀에게 향했을 거라는 생각이 들었다. 방금 전 사랑을 나누고 어쩌고 입을 털어 댔으니 속으로 쌓인 것을 풀러 갔을 것이다.

'승리네.'

슬그머니 디아루기아에서 내려오자 이쪽으로 오는 반가운 얼굴들이 시야에 들어왔다.

"아이고, 바젤 추기경님!"

"이기영 명예주교!"

"어떻게? 일은 잘 해결되셨습니까? 바젤 추기경님."

“아암. 덕분일세! 명예주교. 잘 해결되고말고! 조금 가슴 아프기는 하지만 여신님의 새로운 뜻이니 어찌하겠는가. 이것도 전부 여신님을 위한 일이니 기뻐해 주실 걸세.”

“아암, 그렇고말고요. 여신님께서도 웃으시며 고개를 끄덕여 주실 겁니다, 추기경님. 하하하하. 그나저나…… 일이 성공적으로 마무리 됐다면 지금부터는 바젤 추기경님이 아니라 바젤 교황님이라고 불러야 되겠군요. 이거 부럽습니다, 교황님. 조금 더 여신님께 가까이 다가가신 것 아닙니까. 하하핫.”

“아직 즉위도 하지 않았는데 교황은 무슨! 허허허. 뭐 곧 그렇게 될 것 같네만…… 그런 이기영 명예주교야말로 명예주교가 아니라 명예 추기경이라고 불리게 되는 것 아닌가?”

“네? 그게…… 무슨…….”

“하하하. 그렇게 놀라지 않아도 괜찮네, 명예 추기경.”

“아니 바젤 추기경님…… 너, 너무 갑작스러워서 잘…….”

“사실은 이 이야기가 나올 때부터 생각하고 있었네, 명예 추기경. 교단에 아직 전례가 없기는 하지만 차기 교황인 내가 그렇게 하겠다는데 감히 누가 내 말에 토를 달겠는가. 하하. 사실은 명예 추기경이 아니라. 베니고어 교단에 추기경으로 이기영 신도를 올리고 싶었지만 딱딱한 내부 규정도 있고 또 이기영 명예 추기경이 너무 억압되는 걸 싫어하는 것 같아 이 정도밖에 해줄 수가 없었네.”

"아…… 바젤 추기경님……. 저한테는 너무 과분한 자리입니다."

"과분하긴 무슨! 이기영 명예 추기경이야말로 이 자리에 합당한 사람이 아닌가! 내가 가장 믿고 있는 사람이기도 하고 말이야!"

"저야 항상 여신님을 섬기는 것밖에는 하는 일이 없습니다, 바젤 추기경님."

"바로 그 점이 내가 명예 추기경을 좋아할 수밖에 없는 이유야. 하하하. 사람이 욕심이 없어! 욕심이! 어떻게 이렇게 욕심이 없는 사람이 다 있나. 하하하하. 어디 이기영 명예 추기경 같은 이방인이…… 아니, 사람이 흔한가! 이기영 명예 추기경이야말로 여신님께서 내리신 복일세!"

"과, 과찬입니다, 교황 성하."

"하하하하. 그런 인사는 되었네, 명예 추기경. 그 호칭은 즉위식이 끝나면 하도록 하세나. 하하하. 아! 그리고 명예 추기경이라고는 해도 추기경으로서 누리는 혜택은 모두 받을 수 있도록 조치해놓을 테니. 너무 섭섭해하지 말게."

'나이스! 나이스!'

속으로는 소리를 지르고 싶은 심정이다. 겉모습으로는 이러실 필요 없다고 손사래를 치고는 있지만 누가 이런 자리를 마다하겠는가.

'명예 추기경이야.'

수많은 특권은 물론, 3인의 템플러가 이기영이라는 개인의 안전에 반응한다. 신성 제국의 숨기고 있었던 비밀병기 중 하나가 이쪽의 그림자 무사가 되는 것이다.

덩실덩실 춤이라도 추고 싶은 심정이라는 게 올바른 표현이리라.

"말씀만으로도 감사합니다, 바젤 추기경님. 그러고 보니 제시카 대주교와 헬레나 이단심문단장은……."

"아! 제시카 대주교는 왕성으로 들어가 여신의 뜻을 실현시키는 이들을 돕고 있고 헬레나 이단심문단장은 아직도 교황청에서 기존의 죄지은 자들을 처단하고 있네만……. 실은 나 역시 자리를 지켜야 하지만 이기영 명예 추기경이 드래곤과 함께 온 것을 보고 바삐 이쪽으로 발걸음을 옮겼네. 하하하. 실제로 보는 건 처음이지만 저런 초월적인 생명체의 선택을 받았다는 건……."

"모든 게 여신님의 뜻이지요. 하하. 뭐 별다른 이유가 있겠습니까."

확실히 너무 빨리 끝냈다고 생각했는데 교황청에서는 아직도 일이 진행되고 있는 모양이다.

헬레나가 마무리하고 있다고 하니 안심하고 나올 수 있는 것이리라고 생각했다.

왕성 안에는 아직도 한창 드잡이질이 진행되고 있지만 아마 이쪽과의 온도 차가 꽤 심각할 것이다.

사실 차라도 한 잔 마시고 싶었지만 아무리 나라고 해도 이런 자리에서 차까지 마시는 건 눈치가 보인다.

슬그머니 병력에 휩싸여 다가오고 있는 이들이 다시금 시야에 비친다.

눈에 마력을 집중하니 눈에 보이는 건 시민혁명지지 선언을 해주신 우리 쪽의 귀족들. 일부는 한숨 돌렸다는 표정으로 일부는 입꼬리를 올리며 다가오고 있다.

저들 역시 우리가 승리했다는 것을 확신하고 있는 것이다.

"카트린 공작부인! 엘리제 백작부인!"

"이기영 명예주교님! 아, 바젤 추기경님도 계셨군요!"

"오오! 이거 참 오랜만입니다. 카트린 공작부인."

"바젤 추기경님도 얼굴이 좋아 보이시네요."

"하하하. 계몽한 민중들로 하여금 여신님의 새로운 뜻을 설파할 수 있게 된 날입니다. 얼굴이 좋은 게 당연하지요. 그러고 보니 이기영 명예주교와 이야기를 나누러 왔다고 하지 않으셨습니까. 이야기를 나누시지요."

"아뇨. 괜찮습니다, 바젤 추기경님. 말씀대로 좋은 날인데 함께 있는 모습을 보여줘야 하지 않겠어요? 이기영 명예주교님께는 사실 감사 인사를 드리러 온 것뿐이라 어디로 떠나시면 제가 더 부담스러워요. 함께 계시죠."

시원하게 고개를 끄덕이는 바젤 추기경의 모습이 보였다.

이제는 황권과 갈라져서 싸우던 교황청은 옛말. 새 시대가 찾아온 만큼 굳이 서로 이빨을 보이며 으르렁거릴 필요가 없다.

카트린 공작부인을 위시한 귀족들과 바젤 추기경의 교황청은 그 누구보다 그것을 잘 이해하고 있다.

나 역시도 고개를 끄덕이며 곧바로 말을 이었다.

훈훈한 분위기는 더욱더 훈훈하게 만들어주는 것이 좋다.

아직 시민혁명단이 열심히 싸워주고 있는 와중에 승리의 축배를 드는 모습이 조금 적폐세력 같기는 하지만 사실 별로 부정하고 싶은 마음은 없다. 지금 이 자리에 있는 이들이 제국의 다음 기득권이라는 건 은연중에 확정된 사실이다.

"하하. 카트린 공작부인도 참……. 감사할 일이 뭐가 있겠습니까. 오히려 제가 감사의 인사를 드리는 게 맞습니다."

"아니에요, 명예주교님. 저희 동부 귀족들, 아니, 이제는 귀족이 아니죠. 참…… 아무튼 명예주교님께서 저희를 신경 쓰지 않으셨다면 저희 역시 여신님의 성전에 서지 못했을 거예요. 명예주교님께서 저희에게 해주신 일은 평생토록 잊지 못할 겁니다. 당시에 여러 가지로 신경 쓰이게 한 점에 대해서도 사과드리고 싶네요. 워낙 민감하고 막중한 사안이라."

"당연히 이해할 수 있습니다, 카트린 공작부인. 오히려 저야말로 함께해 주셔서 감사합니다. 저를 믿어주셔서 감사하고요. 동부 귀족 여러분들께서 함께해 주시지 않으셨다면 일이 이렇게 잘 풀리지 않았을 겁니다."

"아뇨. 오히려 저희야말로 제국민들과 뜻을 함께할 수 있어서 기뻤습니다. 다만……."

"하하하. 걱정하지 않으셔도 됩니다, 카트린 공작부인. 시민혁명지지선언에 함께해 주신 귀족 여러분들은 따로 의회에 자리를 마련해 두겠습니다. 아니지. 제가 마련하는 것이 아니지요. 우리 제국민 여러분들이 마련해 주실 겁니다. 하하."

"신경 써주셔서 감사합니다."

"저도 다시 한번 인사드릴게요, 명예주교님."

"엘리제 백작부인도 그러실 필요 없습니다. 제가 다 민망해집니다. 하하하."

대조적이다.

"꺄아아아아악!"

"아아악!"

"아파…… 아파! 살려줘! 살려줘!"

"한 놈도 놓치지 마라! 여신을 배반한 반역자들을 단 한 명도 놓쳐서는 안 된다!"

"민주 투사 아르기모의 희생을 헛되이 하지 마라!"

"신성한 민주주의를 위하여! 여신님을 위하여!"

바로 앞에서 벌어지고 있는 일들과 이곳에서 편하게 대화를 나누고 있는 이들은 확실히 대조적이다.

내가 이 그룹에 속해 있다는 거에 쾌재를 부르고 싶다. 조금 양심이 찔리기야 했지만 사회란 건 어차피 이런 법이다.

"그럼 슬슬 자리를 옮기는 게 어떻겠습니까?"

"어디로……."

"하하하. 이번 일을 제대로 마무리하셔야죠. 공작부인! 바젤 추기경님도 함께 가시죠. 영광스러운 제국민의 승리입니다. 이런 날 추기경님이 빠지면 되겠습니까."

"이거 참……."

"네. 함께 가요, 추기경님. 제국민들에게 인사를 해두셔야죠. 이제는 교황 성하가 되실 분인데."

"큼. 그럼 그렇게 합시다. 위대한 여신의 군대가 승리했으니 당연히 축하를 해주어야지요!"

말 그대로 이제 막 자리를 옮기려 했을 때였다. 제법 가까운 곳에서 또 다른 집단 하나가 모습을 드러냈다.

일그러진 저 얼굴을 보니 괜스레 웃음이 나온다.

슬쩍 손뼉을 쳤다. 짝짝짝 박수 소리가 들리자 반사적으로 손뼉을 맞부딪치는 동부 귀족들의 모습도 시야에 비쳤다.

"하하하하. 이번 혁명에 숨겨진 일등공신이 아니십니까. 샤를롯트 전하! 하하하하하. 그리고 우리 혁명단을 지지해 주신 귀족 여러분들! 참으로 감사합니다. 샤를롯트 전, 아니, 아니, 이제는 황족이 아니지요. 샤를롯트 님!"

"당…… 당신……."

"자자, 함께 움직이시지요! 제국민의 위대한 승리입니다."

뻔뻔한 표정을 지으며 그녀의 공에 대해 엄지를 치켜세우자 부들부들 떨리고 있는 주먹이 시야에 비쳤다.

속으로 무슨 생각을 하고 있는지는 뻔히 보인다. 쌍욕을 하고 있는 것이 아니라면 뻔뻔하다고 생각하고 있을 것이다.

무언가를 따지거나 한마디 하고 싶은 얼굴, 그렇지만 다가오는 바젤 추기경과 카트린 공작부인을 보고서는 그대로 입을 닫아버렸다.

사실 그녀가 숨어 있던 곳에서 나와 이곳으로 올 수 있었던 것 역시 이쪽의 도움이 있었기 때문이다. 만약 그게 아니었다면 아직까지 이 불길에 휩쓸릴까 전전긍긍하고 있었으리라.

"하하하. 저도 모르고 있었던 사실이었습니다. 샤를롯트 님이 이번 일의 숨은 공신이셨나 봅니다."

"덕분에 많은 도움이 됐어요, 황녀 전하."

당연히 따봉을 받을 만하다. 단언컨대 나 혼자 움직였다면 절대로 이렇게 빠르게 혁명을 완성할 수 없었으리라.

이쪽이 입을 열자 다시금 시선이 집중되는 것이 보인다.

"말씀을 드리지는 못했지만 사실 샤를롯트 님이야말로 이

혁명의 1등 공신이라고 해도 부족함이 없습니다. 신성한 민주주의를 함께 퍼뜨려 주시고 또 여러 가지 방향에서 물심양면 지원을 아끼지 않으셨지요! 커다란 공을 가지고 있음에도 불구하고 제국민들을 위해 모든 걸 포기하신다고 하니 다른 황실 분들 역시 샤를롯트 님 정도만 되면 얼마나 좋겠습니까. 아마 그랬더라면 민중들이 궐기하는 일도 없었을 겁니다."

"……."

"하하하. 제 말이 맞지 않습니까? 샤를롯트 님. 아무래도 우리 샤를롯트 님께서 감격에 겨워 제대로 말을 잇지 못하시는 것 같습니다. 꿈에도 그리시던 혁명의 완성을 목전에 두고 있으니 당연히 그럴 만하지요. 아! 그리고 2황녀 전하를 따르시는 귀족 여러분들도 마찬가지입니다. 자! 이리로 오시지요. 사실 시민혁명지지선언문에 함께해 주시지는 못했지만 여러분들이 마음으로 함께했다는 사실은 모든 제국민들이 알아줄 겁니다."

슬그머니 눈치를 보고 있는 일부 귀족들이 보였다.

카트린 공작부인과 엘리제 백작부인 역시 다른 귀족들의 손을 잡으며 이야기꽃을 피우는 중, 처음에 조금은 불안해했던 귀족들은 어느 순간부터 인가 샤를롯트 진영을 벗어나 이쪽에 자리 잡고 있었다.

어느 쪽이 대세인지를 벌써 파악한 것이다.

'그래야지.'

정말로 샤를롯트의 뜻에 공감하고 고개를 끄덕이던 이들은 아직까지 그녀와 함께하고 있었지만 단순한 숫자 채우기나 개인의 이득을 위해 움직이던 이들은 태세 전환 버튼을 눌렀다.

뭔가 할 말이 있는지 자꾸만 입술을 오물거리고 있었지만 이런 화기애애한 분위기에서 그녀가 무언가를 따질 수 있을 리가 만무. 아마 자신보다는 자신의 뒤쪽에 있는 귀족들을 걱정할 거라고 생각했다.

이쪽의 말 한마디면 그녀는 물론이고 그녀와 함께한 귀족들까지 제국민들의 심판을 받는다는 걸 이해하고 있는 것이다.

"하하하. 조금 웃으셔도 됩니다. 샤를롯트 님 조금 피가 흐르기는 했지만 그래도 민중의 승리가 아닙니까."

속을 긁으려는 의도가 담겨 있지는 않지만 내 말투가 영 마음에 들지 않았는지 다시 한번 주먹이 부르르 떨린다. 슬그머니 악수를 청하자 내 손을 꽉 쥐는 꼴은 아주 통쾌했다.

'아오, 아파.'

그녀의 심정이 어떤지를 대변해 주고 있는 것 같아 재미있었다.

"하하하. 이거 이기영 명예 추기경이 샤를롯트 님과도 친분이 있을 줄은 몰랐네만……."

"대단한 친분은 아닙니다. 바젤 추기경님. 같은 뜻을 향해 달려가다 보니 어떻게 연을 맺게 된 것이지요. 샤를롯트 님께서도 여신을 생각하시는 마음이 아주 각별합니다."

"그건 잘 알고 있네! 샤를롯트 님이 아주 큰 결단을 내렸구만. 쉽지 않을 결정이었을 텐데……."

"그만큼 제국민들과 여신님을 생각하시고 계시다는 증거가 아니겠습니까. 하하. 자자. 이쪽으로 오시지요. 제가 에스코트해 드리겠습니다. 혹시라도 성난 민중이 보일 수도 있으니…… 아마 저와 함께 계시면 안전할 겁니다. 샤를롯트 님."

"……."

"너무 고마워하지 않으셔도 됩니다, 황녀님. 뭐 이 정도가지고 배려라고 할 수 있겠습니까. 샤를롯트 님이 제게 해주신 것들이 진짜 배려이지요."

찍소리도 못하고 있는 모습을 보니 이상한 통쾌함이 밀려들어 온 것은 당연지사. 실실 웃는 내 얼굴에 펀치라도 한 방 먹이고 싶은 표정이었지만 그녀는 지금 철저히 을이다.

아마 속으로도 내 의도가 뭔지에 대해 생각하고 있으리라. 정확히 말하면 어째서 자신을 살려두는지에 대한 의구심을 품고 있는 것이 당연, 지금까지 같이 활동해 왔다고는 하지만 확실히 나와 샤를롯트는 이번 혁명을 분기점으로 다른 노선을 타기 시작했다.

내 입장에서 더 이상 샤를롯트라는 인물은 필요가 없다. 김현성이 내게 한 부탁을 알 리가 없는 그녀는 지금쯤 머리를 굴리느라 정신이 없을 것이다.

'그래. 내가 널 왜 살려두고 싶겠어.'

아무리 머리를 굴려봤자 나오는 것은 혁명 이후의 뒷정리와 수습에 대한 것이 전부일 터. 그렇지만 그 일은 그녀가 아니더라도 할 수 있는 사람이 많다.

'아니지. 그건 아닌가.'

대다수의 귀족들이 죽었으니 혼란을 빠르게 수습할 수 있는 인물도 필요하다. 오스칼과 시민혁명단의 간부라고 할 수 있는 이들도 있기는 하지만 며칠 전까지 정치의 정자도 모르는 이들이 한 나라를 제대로 움직일 수 있을 리가 없다.

'샤를롯트 진영의 귀족들도 같이 움직여야겠네.'

그게 맞다.

'살리기를 잘했어.'

샤를롯트를 살린 것은 어디까지나 김현성의 부탁 때문이었지만 이쯤 되니 그 선택이 옳았다는 생각이 들기 시작. 황실이 제국민에게 주권을 되돌려 주는 그림도 그릴 수 있으니 어떻게 생각해도 샤를롯트의 존재는 신의 한 수다.

여러 가지를 곰곰이 생각하는 동안에도 여기저기에서 비명이 들려온다. 대부분이 적들이라고 할 수 있는 이들의 소리.

나는 커다란 감흥이 없지만 그녀는 그 소리가 고통스러운 것 같았다.

"아. 저기 여신의 거울을 보게나! 이기영 명예 추기경. 악독한 황제와 사치밖에 모르는 1황녀가 드디어 여신을 따르는 군중들에게 사로잡혔나 보군. 쯧쯧. 참 경우가 없어, 경우가. 어떻게 한 나라를 다스린다고 하는 황제가 자신을 지키는 이들을 두고 도망칠 수가 있는지…… 쯔읏. 그렇지 않습니까, 카트린 공작부인."

"네. 바젤 추기경님. 황실의 사람들은 원래부터 자신들밖에 모르는 사람들이었어요. 아! 오해하지 마세요. 샤를롯트 님을 염두에 두고 한 소리는 아니니까요."

때마침 여신의 거울에서도 시민혁명단이 황제와 그 일당들을 처리하는 것이 시야에 비쳤다.

샤를리아의 상태가 제법 괜찮은 걸 보니 정하얀은 한발 늦은 모양. 그렇지만 빼액빼액 소리를 지르는 꼴은 아직 여전하다.

-샤를롯트…… 샤를롯트 이 더러운 년! 모든 게 네년 탓이다. 모든 게! 이거 놔라! 이거 놔! 나는 제국의 황녀다! 감히 네깟 놈들이…… 네깟 놈들이! 이거 놓으라고 하였다!

당연하지만 여신의 거울을 바라보고 있는 동부 귀족들의 표정은 싸늘하다. 마를린 영애에게 뜨거운 차를 끼얹은 걸 아직도 염두에 두고 있는 것이다.

'저 사람들도 참 무서운 사람들이야.'

이쪽과 한편이라는 게 다행스럽다. 아무튼 간에 영상에 비치는 샤를리아를 기점으로 비명 대신 함성이 점점 커지는 것이 느껴졌다.

혁명단에게 질질 끌려오고 있는 기존 기득권들의 모습은 나름대로 장관이라고 할 수 있는 장면. 누가 봐도 이번 게임은 시민혁명단의 승리다.

저 모습을 보고 소리를 지르지 않는 것이 이상하리라.

그나마 남아 있던 저항세력들도 빠르게 정리가 되어 있었고 백기를 들거나 무기를 버리고 투항을 선택하는 이들도 많아지고 있다.

"민중의 승리입니다!"

"제국민의 승리입니다! 저희 시민혁명단의 승리입니다!"

"베니고어 여신에게 축복이 있으라!"

여기저기에서 환호성이 튀어나오는 한편.

"저 죽일 년!"

"당장 저 더러운 여신의 반역자들의 목을 쳐야 합니다!"

"죽여라! 죽여!"

한 번 더 피를 바라는 이들은 광기에 잠식되어 소리를 내지른다.

감격적인 승리에 눈물을 흘리는 이들의 모습도 보이고 여신께 기도를 올리는 자들도 보인다.

누가 봐도 재미있을 수밖에 없는 상황이다. 여신의 거울은 다시 한번 오스칼 쪽을 비춘다. 이쪽에서 차기 지도자로 낙점한 만큼 그녀의 홍보는 선택이 아닌 필수. 여전히 오스칼의 모습은 숭고해 보인다.

신성한 민주주의에 깃발을 들어 올리고 여러 가지 상처를 내버려 둔 채로 혁명단을 지휘하는 모습은 확실히 아름답다.

'키야…… 사람 하나는 잘 뽑았네.'

본래는 희생양으로 쓰는 것도 좋을 거라고 생각했지만 그녀는 새로운 제국이 그리는 이상 그 자체다.

똑바로 카메라를 응시하는 오스칼의 입에서 목소리가 터져 나왔다.

-투항하십시오! 아직까지 베니고어 여신님의 반대편에서 이 자들을 위해 저항하고 있는 제국민 여러분들은 무기를 버리십시오! 더 이상의 피를 흘리는 것은 무의미합니다. 제국민들의 승리입니다.

터져 나온 환호성. 그야말로 제국이 떠나갈 듯이 울리는 환호성이다.

-네. 그렇습니다. 제국민들의, 시민혁명단 여러분들의, 민중들의 승리입니다! 여러분들의 흘린 피로 일구어낸 승리입니다. 여신님의 승리입니다!

'좋네, 좋아. 아주 좋아!'

-그렇지만 여러분, 이 승리는 저희들의 힘만으로 일구어낸 것이 아닙니다. 우리 시민혁명단을 지지해 주시는 모든 이방인과 그 이방인들의 중심에 서 계신 제국 8좌 여러분들, 또 한 시민혁명단을 지지해 주신 일부 귀족 여러분들 역시 오늘의 승리를 함께 누릴 자격이 있습니다.

'물론, 물론, 그래야지. 그렇지! 고거지!'

-교황청의 바젤 추기경님과 또 제국을 위해 커다란 결단을 내려주신 샤를롯트 님 역시 오늘의 승리에 주역이라 하기에 부족함이 없습니다. 우리 시민혁명단의 시작과 끝을 함께해 주신 그분들도 이 자리에 함께할 자격이 있습니다!

'말 잘한다! 우리 아리스! 바로 그거야.'

슬슬 올라갈 때가 됐다고 생각하는 게 당연하다. 함께 자리에 있는 얼굴에 자부심이 깃드는 것은 당연지사. 함께해주신 시민혁명단 여러분들은 어느새 우리의 이름을 외치기 시작. 오스칼의 적절한 선동과 지원이 빛을 발한 것이다.

"명예 추기경, 이제……."

"아아. 함께 올라가시면 될 것 같습니다. 아 그전에 보는 눈도 많으니 입고 있는 옷들도 대충 찢고 흙먼지도 조금 묻히시는 게 좋을 겁니다. 함께 싸웠다는 인상을 남겨줘야 되지 않겠습니까. 본디 대중들이란 건 이런 모습에 환호하는 법입니다."

"아 맞네요. 이기영 님의 말이 맞아요. 확실히 저희 옷만 너무 깨끗하면 조금 이상해 보이겠네요."

"자자. 제가 조금씩 들 다 도와드리겠습니다. 아! 샤를롯트 님도 이리 오시지요. 원래 이런 건 보이는 모습이 더 중요한 법입니다. 하하하하하."

이쪽이 조금 손을 쓰기 시작하자. 확실히 이곳에 있는 모두가 격전의 투쟁을 함께한 것 같은 모습으로 변모하기 시작했다.

대중들에게 모습을 드러내고 오스칼이 있는 곳까지 올라가는 와중에도 환호성은 멈출 생각을 하지 않는다.

누가 봐도 완벽한 제국민들의 승리. 그렇지만 단상 위에 올라갈 수 있는 이들의 숫자는 한정되어 있다.

이쪽이 꼽아놓고 뽑아놓은 시민혁명단의 간부님들과 설 줄을 잘 선택한 우리 기존 기득권 여러분들. 이방인들과 일부 교황청의 인사. 뭔가 이상하다고 생각하는 사람이 있을지도 모르겠지만 아무렴 어떠랴.

'어차피 대중은 개돼진데 뭐.'

이런 종류의 혁명은 본디 미디어가 원하는 방향으로 흘러가게 마련이다.

"푸하하하하핫! 우리들의 승리입니다! 제국민 여러분들!"

그 말 그대로였다는 건 굳이 설명할 필요도 없을 것이다.

뒷정리는 내 생각보다 더 빠르게 진행됐다. 민중들은 제국의 신 기득권으로 자리 잡은 우리들에게 열렬히 환호했고 시민혁명단은 오늘의 승리를 기리며 고함을 내질렀다.

오스칼의 말대로 민중의 승리였고 제국민의 승리였다.

내 생각은 조금 다르기는 했지만 그들의 생각에 초를 치는 선택지는 없었다.

대다수의 민중이 이 혁명을 자신들이 이루어냈다고 생각하는 것이야 말로 내가 지향하는 바였다.

'그게 좋지. 그게 좋아.'

어떻게 생각해도 만족스럽다.

곧바로 단두대를 가지고 와 여신의 반역자들의 목을 치자는 목소리가 높아지고는 있었지만 혁명단의 간부나 귀족, 특히나 샤를롯트는 그런 야만스러운 일 처리를 원하지 않을 것이다.

이들의 처리는 어디까지나 합법적으로 이루어졌어야 했고 또한 인도적으로, 민주적으로 이루어져야 했다. 표면적으로는 정당한 재판을 받아야 한다는 거다.

물론 이 재판은 신 기득권들이 원하는 방향으로 움직이겠지만 이번 정권은 무언가 다를 거라는 희망을 심어주는 게 중요했다.

당장 단두대에 목이 날아가든 며칠 후에 목이 날아가든지 간에 어차피 결과는 같다.

중요한 것은 '어떤 이가 처형을 당하고 어떤 이가 축배를 드느냐'였다.

'승자의 편에 선다는 건 달콤하지.'

샤를리아나 황제는 어쩔 수 없었지만 줄을 잘못 탄 대다수의 귀족 역시 목이 댕겅 날아가게 생겼다. 사실 이번 혁명에서 그나마 긍정적이라고 말할 수 있는 부분이다.

샤를리아를 중심으로 한 능력 없는 쓰레기들을 한 번에 정리할 수 기회가 생긴 것이다. 모르긴 몰라도 샤를롯트 역시 이 의견에는 반박하지 못하리라 확신할 수 있었다.

피가 흐르기야 했지만 제국민을 착취하고 수탈하던 귀족들이 완전히 사라졌다는 사실은 변하지 않는다.

아직 혁명이 완전히 마무리되지 않은 도시들이 있지만 늦어도 오늘 새벽, 아니면 내일 아침 즈음에 마침표를 찍을 수 있을 것이다.

제국의 암 덩어리라고 할 수 있는 이들을 한꺼번에 도려냈으니 누이 좋고 매부 좋고, 제국민들 좋고, 나도 좋고, 모두가 윈윈하는 상황이라고 할 수 있었다.

싸구려 술을 들이켜고 있음에도 불구하고 점점 더 즐거워진다. 슬그머니 옆자리를 차지한 이지혜도 입꼬리가 사정없이 올라가 있는 걸 보니 나와 비슷한 생각을 하는 모양이다.

"기분 좋아 보이시네요."

"나쁘지는 않아."

"오빠."

"응?"

"한참 즐거운 시간에 미안하긴 한데, 잠깐 일 이야기 좀 해도 괜찮죠? 지금 당장 처리해야 되는 일이 몇몇 있어서요."

"물론이지, 누나."

"음……. 일단 황성에 보관해놓은 곡식이나 재화 문제예요."

"중요한 건 따로 체크해서 보관하고 나머지는 알아서 해도 될 것 같아. 품목별로 분류해서 정말로 이쪽의 도움이 될 것 같은 물건들은 미리 보관해 두고……."

"으음…… 그럼 오빠 말대로 재화들이랑 황성의 창고에 보관되어 있는 것들은 일단 킵하고 곡식들은 전부 개방하는 게 좋겠네요. 당장은 승리에 취하는 것도 나쁘지 않을 것 같으니까. 그래도 조금 남을 것 같은데……."

"그럼 귀족들이나 조금 챙겨줘. 서부나 남부 귀족들도 잔뜩 쌓아두고 있을 테니 당장 모자라지는 않겠지, 뭐. 그보다 밖은 어때? 처리는 잘 됐어?"

"안 그래도 시체 옮기느라 바빠요. 서둘러 마무리했다고 생각했는데 예상했던 것보다 조금 더 죽었네요."

"별수 없지. 황성이 보유하고 있는 기사나 마법사도 호구가 아니니까. 그나마 희라 누나가 빅터하르트 영감을 붙들고 있어줘서 다행이었지. 그게 아니었다면 상황이 조금 더 힘들어졌을걸. 그 할아버지가 전선에 나선다고 해도 제국민을 베는 그림이 잘 그려지지는 않지만…… 그래도 그 영감은 제국의 상징 중 한 사람이니까."

"그렇긴 하죠."

"아. 그리고 사망자들은 전원 국립묘지에 안치해 줘, 누나. 황성 쪽 불필요한 공간 싹 밀어버리고 구석 쪽에 민주 투사 국립묘지 하나 만들어놓는 것도 좋겠네. 추가로 우리 민주 투사 아르기모랑 바크더쿠 무덤도 잊지 말고. 조금 중요한 인물들은 비석이라도 좀 큰 거 세워주고."

"그것까지는 너무 힘든데……. 일 너무 떠맡기는 거 아니에요? 안 그래도 바쁜데……."

"나도 나름대로 해야 할 일이 있다니까."

"글쎄요. 그렇게 보이지는 않은데…… 한가하게 술이나 마시고 있는 사람이 할 말은 아니잖아요."

"이게 다 사회생활이라니까. 아마 시간이 조금만 지나면 본격적으로 바빠지게 될 거야. 원래 이런 건 시작하는 것보다 뒷처리 하는 게 더 어려우니까."

그 말 그대로 사실 신경 쓸 것이 한두 개가 아니다. 재산피해를 최대한 줄이려고 하기는 했지만 제국 전역에서 민중들이 들고 일어선 만큼 그 피해 액수가 어마어마할 것이다.

당장은 내가 가지고 있는 개인 재산과 황성에서 쌓아두고 있던 재화 그리고 교황청의 성금 등으로 버틸 수는 있었지만 생산시설 자체가 망가져 버린 도시의 경우에는 문제가 조금 더 심각했다.

쓸 만한 기사들이 죽었다는 것 역시 문제라고 할 수 있다. 기사 하나를 만들기 위해 들어가는 재화를 생각해 보면 그 피해가 막중한 셈이다.

첫 등장 빼고는 안전한 후방에서 편안한 생활을 즐긴 만큼 실제로 전투 현장을 자세히 확인하지는 못했지만 전투가 끝난 이후의 제국의 모습은 확실히 처참했다.

단칼에 썰려 나간 제국민들도 많이 보였고 미처 마법으로 보호하지 못한 이들이 완전히 타버린 모습도 종종 보였다.

사실 그들보다 더 처참했던 것은 여신에게 반기를 든 황제의 병사들이다.

마지막 열차에도 탑승하지 못한 이들은 보는 내가 구역질이 나올 정도로 끔찍하게 죽어 있었다. 그만큼 민중의 분노가 컸다는 것을 보여주는 지표이리라.

물론 이방인 중에서도 사망자가 나오기는 했다.

이름난 기사나 마법사들을 상대하기 위해서였으니 어쩔 수 없는 희생이라고 생각할 수도 있기는 했지만, 제국 8좌나 린델의 갈오식, 임리단 같은 네임드들은 목숨을 잃지 않았다.

만약 황제가 도망가는 모습이 실시간으로 방영되지 않았더라면 전투가 조금 더 길어져 더 큰 전력 피해가 생겼을 수도 있을 것이리라.

사실 이런 내부의 문제 같은 경우에는 시간이 지나기만 한다면 어떻게든 수습할 수 있다. 이런 걱정 아닌 걱정은 이런 내부의 문제로 일어날 외부에 문제에 있다.

'공화국, 왕국 연합, 이종족 왕국.'

외세가 혁명에 숟가락을 올리거나 혼란을 틈타 공격해 들어오는 것은 방지하기는 했지만 현재의 신성 제국은 전력이 깎였다면 깎였다고 말할 수 있는 상황이다.

왕국 연합 쪽에서 이 혁명을 어떻게 생각할지, 공화국은 갑자기 바뀐 정권에 어떻게 반응해 올지, 이종족들은 그들의 사절단을 보내올 것인지가 초유의 관심사였다.

대륙에 떨어진 묵직한 한 방. 모르긴 몰라도 지루했던 대륙의 정세를 뒤흔들기에 충분하리라.

긍정적인 방향인지, 부정적인 방향인지에 대해서는 아직 알 수 없지만 말이다.

나도 모르게 슬그머니 시선을 돌리자 이지혜가 슬그머니 자리를 피하는 것이 보였다.

어차피 그녀 나름대로 정리할 일이 있었겠지만 갑작스러운 손님의 등장에 잠깐 동안 자리를 피해준 것이다.

"무슨 일이라도 있으십니까, 샤를롯트 님."

묘하게 달아오른 얼굴. 한 손에는 술잔을 들고 있는 걸 보니 조금 취기가 올라온 것 같았다.

"자리를 옮겼으면 합니다. 조금 조용한 곳으로요."

대놓고 취한 것 같은 목소리에 왠지 모르게 불안해지는 건 사실이었지만 흔쾌히 고개를 끄덕였다.

어차피 내 쪽은 정하얀이 보고 있을 테고 박덕구 역시 나를 신경 쓰고 있을 테니 안전은 보장된다.

'이 여자가 갑자기 칼침을 날려 올 리도 없고.'

뒤통수를 거하게 맞기는 했지만 생각이 있다면 그런 짓은 해오지 않을 것이라 확신할 수 있었다.

"네. 그렇게 하는 게 좋을 것 같습니다."

이런 파티에서 숙녀를 에스코트 하는 건 신사의 기본이다.

살짝 손을 내밀자 꺼림칙한 표정으로 이쪽의 손을 잡는 모습이 시야에 비쳤다. 지난번 악수와 마찬가지로 감정이 실려 있는 모양인지 그녀에게 내민 손이 아프다.

발걸음을 옮겨 거대한 창문을 열자 두 사람이 이야기를 나눌 만한 발코니가 눈에 들어왔다.

그녀는 한쪽에 자리를 잡았고 나 역시 적당한 곳에 자리를 잡았다.

'여기서 밀어버리지는 않겠지.'

내가 한 짓이 있으니 자꾸만 무서운 생각이 든다.

하지만 조용히 말을 꺼내는 것을 보니 나를 죽이기 위해 이곳으로 부른 것은 아닌 것 같았다.

"어째서 저를 살리신 겁니까."

야밤에 대담이라도 하자고 부른 것 같은 느낌. 마침 심심하던 차였으니 어울려주는 것도 나쁘지는 않으리라.

물론 저 질문에 어떻게 대답해야 할지에 대한 답은 서지 않았지만 적당히 대답하는 것 정도는 어떻게든 할 수 있다.

'김현성이 너 살리래'라는 대답은 정답이 아니다.

"샤를롯트 님이 제게 했던 말과 비슷한 이유일 겁니다. 당시 제국에는 대중의 눈치를 보는 사람이 필요하다고 하지 않으셨습니까. 하하. 딱 그런 이유입니다. 굳이 척을 질 이유도 없고요. 아! 그게 정답이라면 정답이라고 할 수 있겠군요. 대답을 바꾸겠습니다. 제가 당신과 굳이 척을 질 이유가 없었다는 게 이유입니다."

"굳이 척을 질 이유가 없다니……."

"함께 혁명을 향해 달려온 동료가 아닙니까. 물론 당신과 제 방식에는 조금 차이가 있었지만 결과적으로는 둘 모두에게 이상적인 결과가 만들어졌습니다. 제국민은 승리했고 기존 기득권과 적폐세력은 힘을 잃었지요."

"그리고 새로운 기득권과 적폐세력들이 그 자리를 차지했죠. 당신, 그리고 당신과 함께한 사람들이 말입니다."

"원망하는 말투지만 그냥 웃으며 넘기겠습니다. 샤를롯트 님, 만약 이 혁명이 무혈혁명으로 완성되었다고 하더라고 새로운 기득권들과 새로운 적폐세력이 자리 잡는 것은 피할 수 없었을 겁니다. 당신 휘하에 있는 귀족들이 당신과 같은 꿈을 가져 당신 곁에 있는 게 아니니까요. 물론 정말로 당신과 같은 이상을 실현시키기 위한 이들이 한두 명은 있을지 모르겠습니다. 하나 당신 캠프에 있던 대다수 귀족이 권력을 놓는 걸 선택하진 않을 겁니다."

이건 부정할 수 없는 사실이다.

그녀 역시 내 말에 공감하고 있는지 조용히 나를 바라보고 있는 얼굴이 시야에 비쳤다.

“이건 마약이나 다름없어요. 누군가 위에서, 민중을 움직일 수 있는 권력은 마약이나 다름없습니다. 샤를롯트 님 같은 숭고한 이상주의자는 잘 모르겠지만 대부분의 귀족들은 제 말에 공감할 겁니다.”

“그래서 민중을 죽였군요. 당신이 마약이라고 부르는 그 권력 때문에 수많은 제국민과 죄 없는 병사들이 죽어야 했던 거예요.”

“민중들은 제가 죽인 것이 아닙니다. 어디까지나 그들이 원하는 가치를 위해서 싸운 것이지요. 민주 투사들의 숭고한 희생을 의미 없다고 표현하시면 제국민들이 퍽이나 좋아하겠습니다.”

“그들은 그들이 원하는 가치를 위해서 죽은 것이 아닙니다. 당신은 제국민들을 세뇌한 것이나 다름없습니다. 날조된 정보를 풀고 그들을 선동하며 벼랑 끝까지 몰아붙인 겁니다.”

“제가 몰아붙인 것이 아니라 이 나라의 귀족과 황족들이 저지른 짓입니다. 날조가 아예 없었던 것은 아니지만 여신의 거울이 비추고 있었던 것은 어디까지나 사실에 근거한 내용입니다, 샤를롯트 님.”

"이렇게까지 할 필요는……. 이렇게까지 할 필요는 없었습니다!"

발코니에 있는 테이블을 쾅하고 내려치자 금이 가는 것이 눈에 보였다.

상당 수준의 검술 실력을 가지고 있는 줄은 알았지만 실제로 저런 모습을 보니 조금은 무섭다. 그렇지만 이쪽도 할 말이 없는 것은 아니다.

샤를롯트가 정말로 원하는 그림이 뭔지는 알고 있었지만 내 욕심 이전에 반박하려고 한다면 얼마든지 반박할 수 있는 내용이다.

"그래서 당신이 원하는 대로, 정말로 명예혁명이 일어났었다면…… 지금과는 많은 게 달라졌을 거라고 생각하시는 겁니까? 장담컨대 상황이 나빠졌으면 나빠졌지 좋아지지 않았을 겁니다."

"적어도 수많은 피가 흘러내리지는 않았을 겁니다. 아니, 그것 이전에 이런 여러 가지 상황에 직면하지는 않았을 거예요. 기존에 있던 생산시설도 지킬 수 있었을 것이고 병력을 그대로 유지하며 타국의 개입에 저항할 수 있었을 겁니다. 왕국 연합에게 위화감을 심어주지도 않았을 거고 많은 제국민이 가족을 잃지 않아도 됐을 겁니다."

"눈앞에 보이는 부작용을 최소화할 수 있으리라는 의견에는 공감할 수 있지만, 부작용이 없지는 않았을 겁니다. 이건 의미 없는 죽음이 아닙니다, 샤를롯트 님. 절대로 의미 없는 죽음이 아니에요. 제국민이 피를 흘리고 제국민들이 직접 들고 일어났다는 게 중요한 겁니다. 만약 당신이 개입했다면 이 나라의 제국민들은 평생을 수동적으로 살았을 겁니다. 다음에 또 이런 상황에 직면했을 때 다시 한번 당신 같은 사람이 도와줄 거라고 생각해 움직이지 않을 거예요."

"그건 비약입니다."

"비약이 아닙니다, 샤를롯트 님. 당신은 알 수 없겠지만 이는 이방인들의 역사가 증명하고 있습니다. 인간은 학습하지 않으면 깨닫지 못하는 족속입니다. 지배자도 그렇고 피지배자도 마찬가지입니다. 피지배자들은 지배자를 자신의 손으로 한 번 끌어내려 봐야 해요. 당신 같은 이들의 도움 없이. 자신들의 왕을 죽여봐야 합니다. 그게 역사적 학습입니다, 샤를롯트 님."

"인간은 그렇게 멍청하지 않습니다. 당신이 인간을 어떻게 생각하는지는 모르겠지만……."

"아뇨. 인간은 멍청합니다. 모두가 당신 같이 이상을 바라보고 사는 게 아닙니다. 스스로 깨닫지 못하고 학습해야 알아듣는 인간들은 분명 존재합니다. 그렇기 때문에 이건 도움이 될 겁니다. 많은 피가 흘리기는 했지만 이건 틀림없이 큰 교훈이 되었을 겁니다. 이후 지배자들은 피지배자들을 두려워할 거고 피지배자들 역시 자신들이 지배자를 끌어내려 그들의 목을 칠 수 있다는 사실을 기억할 겁니다. 샤를롯트, 당신은 이전에 대중의 눈치를 보는 정치를 할 줄 아는 사람이 필요하다고 말씀하셨죠. 장담컨대 지금부터 총대를 멘 이들은 대중의 눈치를 보지 않을 수가 없을 겁니다. 반쪽짜리기는 하지만 저는 제가 만든 결과물이 이보다 더 좋을 수가 없다고 생각합니다. 저는 양심적인 사람이고 제국민을 수탈하는 사람이 아닙니다. 이 승리는 제 승리가 아닌 제국민의 승리로 기억될 거고 이 역사는 영원히 제국민들의 가슴속에 남아 있을 겁니다."

내 말을 듣고 다시 한번 입을 열어오려고 하는 샤를롯트가 시야에 비쳤다.

틀림없이 반박하고 싶을 것이고 반박할 말도 많을 것이다. 그렇지만 대화를 더 나눈다면 밑천이 털린 것 같은 느낌이다.

슬그머니 자리에서 일어서자 입을 다물고 조심스럽게 말을 걸어오는 것이 시야에 비쳤다. 더 이상의 썰전이 의미 없다고 판단한 것은 나뿐만이 아니다.

"마! 마지막으로 질문 하나만…… 더 드리겠습니다."

"네."

"당신이…… 이방인들의 나라는……."

"네. 확실히 표면적으로는 국민에게 주권이 있는 나라가 맞습니다."

"그곳은…… 그곳은……."

"아아아. 무슨 질문을 하실지 알 것 같군요. 뭐…… 제가 드릴 수 있는 말씀은 이것밖에 없는 것 같습니다."

"……."

"여기든 거기든 어차피 기득권이라는 놈들이 하는 짓은 똑같습니다."

산타클로스가 있을 거라고 믿는 소녀의 꿈을 부수기는 싫었지만 현실은 잔인한 법이다.

푸욱 고개를 숙인 샤를롯트의 뒤로하고 적당히 발걸음을 옮기자 나를 맞이하러 온 정하얀과 카스가노 유노를 볼 수 있었다.

모두들 각자의 방식으로 시간을 보내고 있는 것 같다.

괜스레 생각이 많아지기는 했지만 언제나 그렇듯 시간이 모든 걸 잊게 해줄 것이다. 각자의 방식과 각자의 방법으로 누구는 기쁨을 나누고, 누구는 후회를 곱씹을 것이다.

언제나 그렇듯 기득권들은 그 자리에 있을 거고 언제나 그렇듯 민중들 역시 그 자리에 있을 것이다.

평소와 다름없이.

늘 그랬던 것처럼.

그렇게 시간이 흘렀다.

83장
시간이 흘렀다

신성 제국의 역사는 제국력 1093년을 기점으로 완전히 막을 내렸다.

황실과 일부 귀족들의 패악질을 참지 못한 민중들의 뜻이었고, 이단과 배교자, 반역자들을 처단하고자 했던 베니고어 여신님의 뜻이었다. 혁명이 완성된 11월 9일로부터 정확히 일주일간 반역자들에 의한 재판이 시작되었고, 별개로 일주일이 지난 시점인 23일, 시민혁명단에 의해 신민의회라는 기관이 만들어졌다.

신민의회는 제국민들의 대표로 뽑힌 200인의 구성원이 헌법과 인법을 재정하거나 통상 국정운영을 논의하는 기관이다. 시민혁명지지선언을 함께한 42인의 귀족들과 60인의 이방인 그리고 시민혁명단을 구성했던 일반 제국민 98명으로 이루어졌으며, 이는 새로 출범한 신성민주교국의 위대한 첫 번째 발걸음이었다.

이들의 첫 번째 의제는 다름 아닌 배교자들의 처우였는데 교황청은 시민혁명단의 뜻을 존중해 이들의 재판을 민중에게 양도했다. 신민의회에서는 역사적인 첫 투표가 이루어졌고 찬성 299표 기권 1표로 반역자들의 처형을 결정. 29일을 끝으로 황실의 마지막 핏줄인 제2황녀 샤를롯트를 제외한 모든 황족이 사형에 처해졌다. 집행은 무척이나 인도적으로 이루어졌는데 이는 전 제2황녀의 요청이 있었기 때문이다.

이후에는 곧바로 임시정부가 수립됐으며 신민의회의 주최로 교국 총선거가 실시됐다. 바야흐로 신성민주교국의 자랑스러운…….

"자랑스러운 첫 번째 총선거였습니다."

"……."

"아직 1년도 채 지나지 않은 사건이지만 저희 신성민주교국에 사는 여러분들이라면 꼭 알아야 할 내용이에요. 많은 분들의 희생이 있었기 때문에 쟁취한 승리였던 것은 굳이 두말할 필요도 없고요. 오늘 배운 내용은 이후에 있을 시험에서도 나올 확률이 높으니 꼭 알아두셔야 합니다. 자, 그럼 여기서 질문입니다. 어제도 배운 내용이에요. 우리 민주교국에서 투표권을 가질 수 있는 자격을 가진 이들은 어떤 이들일까요?"

"저, 저요, 저요, 저요, 저요!"

"네, 루리아 학생. 답해볼까요?"

"베니고어 여신님을 믿고 있는 모든 교국민과 이방인입니다!"

"정답이에요. 아주 잘하셨어요. 칭찬 카드 한 장을 드릴 테니 이후에 수업 끝나고 꼭 받아가세요. 루리아 학생이 대답한 것처럼 시민혁명단의 리더이시자 지금은 저희 신성민주교국의 지도자이신 오스칼 님께서 임시정부 수립 이후 가장 처음 하신 일이 바로 제국민들에게 투표권을 주는 일이었어요."

"네!"

정답을 외친 뒤에 의기양양하게 뒤를 바라보는 디아루리아가 시야에 들어왔다.

머리에 모자를 쓰고 계속해서 헤실헤실 입꼬리를 올리고 있었다.

손은 들었지만 자신을 어필하지 못했던 박물관 관리인 막스는 뭔가 아쉽다는 표정을 보내오고 있다.

'귀엽네.'

똘똘이는 자신이 활약하는 모습을 보여준 것이 어지간히 기분 좋은 모양이다. 디아루기아와의 약속을 지키기 위해 참관한 수업이었지만 저런 표정을 보니 이곳에 오길 잘했다는 생각이 들기 시작했다.

'교육이 잘되는지도 봐야 하고……'

디아루기아와 막스가 어떻게 지내는지, 어떻게 살고 있는지 궁금한 것이 당연하다. 매일매일 아빠 노릇을 해주지는 못하지만 그래도 정이 든 만큼 어떻게 크고 있는지는 보고 싶다.

사실 조금 더 솔직히 말하면 개인적인 이유 말고 다른 이유가 없는 것은 아니다.

궁금했던 것은 현재의 교육 과정 그 자체. 국정교과서의 발행과 그에 맞는 교육은 외부의 일만큼 중요한 일이다.

겨우 몇 년 해 먹으려고 이 사달을 낸 것은 아니다. 적어도 몇십 년, 아니 몇백 년은 더 해 먹어야 하는 만큼 시민들의 교육은 선택이 아닌 필수였다.

어차피 막스와 디아루리아에게는 역사 교육은 중요한 것이 아니니 한 귀로 듣고 흘리라 이야기한 적이 있지만, 그 이야기가 옆자리에 있는 다른 아이들에게까지 해당되는 것은 아니다.

일반적으로 중요하다고 할 수 있는 검술이나 마법만큼, 아니, 그보다 더 중요하게 평가되는 것이 바로 역사 과목이라는 거다.

오늘의 어린 꿈나무들은 몇 년 뒤에도 이쪽의 충실한 유권자가 되고 그 자식과 그 자식 역시 우리에게 한 표를 행사하는 소중한 손님이 된다.

여신의 거울까지 완전히 통제하고 있는 상황에서 굳이 이런 작업까지는 하지 않아도 되긴 했지만 그래도 보험은 많으면 많을수록 좋다.

'방심하다 훅 가는 거 한순간이니까.'

조금 무리를 해서라도 제국 전역에 교육기관을 설치하고 있는 이유였다.

슬쩍 옆쪽을 바라보자 디아루리아를 바라보며 입이 찢어져라 웃는 디아루기아가 눈에 띈다.

다른 부모들 역시 상황은 마찬가지.

물론 묘하게 이쪽의 눈치를 보고 있는 것도 보였다.

예전 귀족이나 유명한 모험가 부부의 아들, 혹은 잘 나가는 자산가의 자식들이 모이는 사립학교이기는 했지만 이쪽은 바젤 교황 성하께 직접 직위를 받은 신성민주교국의 명예 추기경이자 자유도시 린델, 아니, 교국에서 가장 잘 나가는 길드의 부길드마스터.

저들이 이쪽의 눈치를 보는 게 이상한 일은 아니다.

'웃기지.'

대놓고 말해 제국 내에서 이쪽보다 권위가 높은 인간은 열 손가락 안에 꼽을 수 있을 정도, 비공식적인 직위까지 생각한다면 적어도 세 손가락 안에는 꼽을 수 있다.

민중이 대혁명을 이뤄냈음에도 불구하고 뒤집을 수 없는 신분의 격차가 남아 있다.

많은 것이 변하기는 했지만 핵심은 그다지 변한 게 없다. 내가 샤를롯트에게 했던 말처럼 어차피 결정적인 건 변하지 않는다고 확신할 수 있었다.

"우리 디아루리아 정말로 똑똑하지 않습니까?"

"누구를 닮았는데 똑똑한 게 당연하지요."

"네. 확실히 저를 쏙 빼다 닮았습니다."

디아루리아가 영특한 것은 나를 닮아서일 확률이 크다. 자신할 수 있다.

"이제 곧 있으면 역사 수업은 끝날 시간이군요. 다음에는 검술 시연입니다. 그 다음에는 마법 시연도 있고요. 서둘러 이동합시다. 아, 그리고 디아루리아는 방과 후 활동으로 연금술도 배운다고 하니 그건 당신이 꼭 지켜봐 주세요."

"보채지 않으셔도 움직일 겁니다. 그런데 디아루기아, 이거…… 굳이 배울 필요가 있는 겁니까? 사실 똘똘이한테는 그다지 필요가 없을 것 같은데……."

"처음 학교에 가라고 한 건 당신이지 않습니까?"

“사회생활을 배우라는 의미였지…… 이런 의미는 아니었습니다.”

“뭐든 일단 배워놓으면 좋은 겁니다. 사실 드래곤으로서는 필요하지 않은 게 사실이지만 우리 디아루리아가 배우고 싶다고 하기도 하고…… 이런 행동 자체는 뇌 성장에 굉장히 많이 도움 됩니다. 저만 해도 기본적인 전투술 같은 것은 숙지하고 있으니까요. 전부는 아니지만 대륙의 역사도 어느 정도는 알고 있습니다. 물론 전문적인 수준은 아니지만.”

“아아. 그랬었죠.”

“이유가 어떻든 간에 머리를 많이 쓴다는 건 확실히 도움이 됩니다. 특히나 이 시기에는 더욱이요. 이미 또래 아이들보다 마력량도 많습니다.”

“다른 또래 드래곤이 없는데 어떻게 비교를 합니까.”

“딱 보면 압니다. 후훗.”

딸 바보도 이런 바보가 없을 것 같은 느낌.

괜스레 내가 다 얼굴이 붉어진다.

조금은 달라졌다고 생각했는데 지금 보니 헬리콥터 맘이 다 된 것 같았다.

물론 예전처럼 거리를 벌리지 않고 이쪽에 딱 달라붙어 있는 게 차이점이기는 했지만 아무래도 똘똘이의 표정을 보니 엄마와 내가 붙어 있는 게 마음에 들지 않은 모양이다.

"자. 그럼 역사 수업은 이것으로 마치겠습니다. 곧바로 검술 시연이 시작될 테니 학생들은 무장하고 학부모님들은 미리 연무장으로 이동해 주시기 바랍니다."

디아루기아의 말처럼 되는 것을 보니 정말로 스케줄까지 달달 꿰고 있었던 것 같았다.

아무튼 간에 교사의 말대로 이쪽은 천천히 발걸음을 옮기기 시작했다. 물론 그 와중에 이쪽에 인사를 하러 오는 다른 이들을 맞이하는 것도 잊지 않는다.

"명예 추기경님. 하하하. 이거 여기에서 뵐 줄은 꿈에도 몰랐습니다."

"네. 오랜만입니다, 첸코 의원. 하하. 이거 참 우연이로군요. 그때 이후로 처음 뵙는 거 아닙니까? 어째…… 요즘 의회는 좀 어떻습니까."

"항상 좋습니다. 오스칼 님 역시 여전하시고요. 사실 해결할 문제가 하나둘이 아니라 조금 걱정이 되긴 하지만……."

"뭐, 처리하기 곤란한 문제라도 있습니까?"

"뻔하지요. 또 왕국 연합입니다."

"아아아아."

"혁명 이후에 위협을 느끼고 있는 건지는 모르겠지만 여전히 호의적이지 않습니다. 심지어 공화국에서도 축사를 보내왔는데 아무런 반응이 없으니. 영…… 답답하기만 합니다. 외교

부는 대체 일을 하는 건지 마는 건지……. 아무래도 아직도 내부가 정리되지 않은 느낌이 강합니다."

"뻔하겠지요. 아마 그쪽 역시 내부에서 혁명이 터져 나오지는 않을까 불안해하고 있는 게 틀림없을 겁니다. 자신들의 나라에도 혹여나 불씨가 튀지는 않을지, 뭐, 그런 생각을 하는 것이겠지요. 크게 신경 쓰지 않으셔도 될 겁니다, 의원. 아마 시간이 조금 지나면 뭐가 됐든 해결책이 나올 겁니다."

"음. 그렇군요."

"네. 사실 이번 제 중립국행 역시 그 건과 관련된 일이니 안심하셔도 됩니다."

"역시 그러셨군요."

"왕국도 계속해서 그런 태도를 유지할 순 없을 겁니다. 그쪽에 사는 이방인들은 대부분 저희에게 호의적이니."

"여신의 거울을 말씀하시는 거로군요."

"네. 맞습니다. 현 교국민들도 그렇지만 사실 이방인들은 여신의 거울에 무척이나 익숙합니다. 왕국의 기득권들과는 반대로 그곳에 자리 잡은 이방인들은 꼭 여신의 거울을 수출해 주기를 바라고 있을 겁니다."

즐길 거리 하나 없는 이 척박한 땅에 갑작스레 텔레비전이 등장했으니 이방인들이 기대하는 것도 무리가 아니다. 당장 린델이나 실리아 다완에서도 여신의 거울의 반응은 폭발적이다.

하늘을 뒤덮는 거울이 아닌 각 세대에 놓을 수 있도록 크기를 작게 만들어 보급한 것이 결정적이었다. 짧은 기간이었지만 드라마나 영화 같은 기획도 수면 위로 올라오고 있었고 실제로 시험 삼아 방영한 '전투의 달인'은 폭발적인 시청률을 기록했다.

네임드, 이 바닥에서 몇 년을 구르고 구른 장인들이 전투에 필요한 팁과 노하우와 자신들의 경험담을 이야기하니 반응이 좋지 않을 리가 없었다.

이방인들에게 많은 관심을 가지고 있는 교국민들 역시 이 바보상자에 하나둘 빠져들기 시작한 것이다. 장담하건대 아마 각 왕국은 여신의 거울을 수출해 달라는 이방인들의 요구에 진땀을 빼고 있을 거라고 생각했다.

'문화와 기술도 무기야.'

어떤 의미에서 본다면 칼이나 창보다 더 위협적이다.

그렇게 잠깐 다른 길에 빠져 있을 때 또다시 들려온 것은 디아루기아의 목소리.

"지금이 디아루리아의 차례입니다! 지금 하고 있습니다."

"아아, 네. 갑니다, 가요!"

검술시연이 시작되기는 했지만 너무나도 뻔한 결과에는 기대감이 줄어든다.

기본적인 신체능력만으로도 이미 주변 꼬맹이들을 압살할

수 있는 우리 똘똘이.

예상했던 대로 양민들을 상대로 자신의 신체능력을 담은 검술을 선보이고 있다. 대놓고 인성질을 한다고 봐도 무방한 상황이 펼쳐지고 있는 것이다.

'웬만한 모험가보다도 나은데…….'

심지어 함께 검을 집어 든 상대를 단번에 끝내지 않고 자신을 띄우는 용도로 사용한다. 누가 봐도 검술 실력 자체는 상대방이 나은 것 같은 느낌이지만 상대 꼬맹이는 우리 똘똘이의 민첩함과 근력을 견뎌내지 못하고 있었다.

심지어 마무리를 하기 전에 꼭 상대방에게 향하던 검을 멈추고 다음 검술을 선보인다.

'상대가 너무 불쌍한데…….'

검술을 배운지 오래된 꼬마 역시 입술을 꽉 깨물며 부모님을 실망시키지 않으려고 노력하고 있었지만, 고양이가 아무리 발톱을 단련한다고 해도 호랑이를 이길 수 있을 리가 없다.

기본적인 스탯에서 차이가 너무 심각하니 검술 시연이 아닌 농락이라고 봐도 무방했다.

둔재라고 할 수 있는 나는 왠지 모르게 꼬마 쪽으로 감정이입이 되는 것 같다. 옆에서 손뼉을 치며 꺄르르 웃고 있는 디아루기아가 부끄러울 정도였다.

"우리 디아루리아 참 잘하지 않습니까. 저는 검술에 대해 잘 알지 못하지만 이미 저기 있는 다른 아이들과 봐도 비교가 되지 않을 정도입니다. 제대로 시작한 지 1년도 지나지 않았다는 걸 생각해 보면 그야말로 하늘이 내린 재능이지요."

'니 딸 드래곤이야. 그리고 저건 힘으로 밀어붙이는 거고…….'

"상대방이 다치지 않도록 배려해 주는 모습은 또 얼마나 착한지……."

'배려가 아니라 농락인데…….'

"제가 참 주책을 부리는 것 같습니다."

'주책 맞아.'

하고 싶은 말이 자꾸만 목구멍 속에서 맴돌고 있었다.

"승자는 디아루리아."

"잘했다. 우리 딸! 디아루리아! 최고다! 최고야! 디아루리아!"

승리 포즈까지 취하는 똘똘이였다. 누굴 닮았는지는 모르겠지만 인성질 하나는 수준급이라고 생각할 수밖에 없었다.

흐른 시간만큼이나 세상은 변했다. 정확히 말하면 제국, 아니 이제는 신성민주교국이라고 부르는 나라와 그 주변 정세가 달라진 것뿐이었지만 적어도 내부에서는 긍정적인 변화가 일어나고 있다는 것은 그 누구도 부정할 수 없는 사실이었다.

가장 눈에 띄는 것은 일단 제국을 아우르는 계급이 완벽하게 사라졌다는 것이다.

물론 비공식적으로는 계급이 있기야 했다. 대다수의 귀족들은 여전히 막대한 부를 가지며 의원이라는 호칭으로 불리고 있었고 샤를롯트 역시 의회의 한 축을 담당하고 있었다.

그렇지만 공식적으로나마 신분제가 폐지됐다는 것은 일반 민중들도 환호를 보낼 만한 이야기였다.

귀족이나 황족 같은 특권 계층들이 완전히 사라진 것이다.

물론 사제들이라는 특권 계층이 있기야 했지만 애초에 교국이라는 타이틀을 쓰고 있는 만큼 교황청이 누리고 있던 특혜들에 대해서는 말이 나오지 않았다.

오히려 신성한 민주주의를 토대로 이전보다 더 큰 힘을 휘두르고 있는 상황, 신에게 봉사하는 사제라는 직업을 가진 이들이라면 응당 누려야 하는 특권이라는 인식이 퍼져 있다는 것 설명하지 않아도 되는 사실이었다.

하나부터 열까지 이쪽이 생각한 그대로. 아직 배포가 전부 끝나지는 않았지만 여신의 거울은 집집마다 하나씩 보급됐고 여신의 거울로 송출되는 콘텐츠는 모조리 현 정부와 이방인들에게 유리한 내용으로 포장되어 방영됐다.

정보가 많이 풀리기는 했지만 일반 민중들이 접할 수 있는 정보는 여전히 굉장히 제한적이었다. 아주 조금이라도 나에게 불리하다고 생각하는 것들은 애초에 심사에 들어갈 수조차 없었다.

텔레비전의 이름이 무려 여신의 거울이다. 이 물건이 여신의 축복이라고 알고 있는 대다수의 교국민들이 바보상자에 사로잡힌 것은 불 보듯 뻔한 이야기라는 거다.

그 결과 언론으로 여론을 흔드는 작업은 말 그대로 식은 죽 먹기보다 쉬운 일이 되어버렸다.

아주 예전에 읽었던 조지 오웰의 소설처럼 되는 건 아닌가 하는 생각이 들기야 했지만 애초부터 바라던바. 우리 안이 편하면 동물들은 우리 밖으로 나가지 않게 마련이다.

지난 시간 동안 교국민들을 가두는 사육장의 문은 열려 있었지만 아무도 사육장의 밖을 나가는 것을 선택하지 않았다.

'자기들이 행복해하면 그걸로 끝이지 뭐.'

진실에는 그 누구도 관심을 가지지 않는다. 여신의 축복 때문인지는 모르겠지만 내부의 문제는 우리의 아리스 오스칼에게 맡겨도 충분하다.

조금 삐걱거리는 부분이 없는 건 아니었지만 내 의도대로 잘 움직여주고 있기도 했고 무엇보다 본인이 열의가 있고 의욕이 있다.

지금 이 시점에서 내가 생각해야 하는 것은 교국 내부보다는 외부의 이야기였다.

'왕국 새끼들이 정신이 나갔나.'

방금의 첸코 의원에게 들었던 것이 묘하게 머릿속에 남은 것은 당연지사. 이쪽의 행보 하나하나에 민감해하는 왕국 연합이 문제 아닌 문제였다.

물론 당연한 반응이기는 했다. 근처라고 할 수 있는 나라에서 혁명이 터져 황족의 목이 달아났으니 자신들이 다스리고 있는 왕국에도 비슷한 종류의 혁명이 터지지 않을까 하는 걱정을 하고 있는 것이다.

지구에서 있었던 세계사만 살펴봐도 이해할 수 있는 이야기이기는 했지만 자꾸 교국을 배척하려는 움직임을 보이고 있다는 건 그다지 마음에 들지 않았다. 안 그래도 교국 기사들의 숫자가 크게 줄어든 만큼 외부와 척을 지는 건 피하고 싶은 상황이었다.

교국이 살아남기 위해서는 동맹이 필요했고 공화국과의 사이를 개선시키는 작업 역시 필수였다. 교국 내에서만 이야기를 풀어내기에는 한계라고도 볼 수 있었다.

이기영의 첫 번째 외교무대로 중립국 라이오스를 선택한 것은 너무나 합당하다고 할 수 있는 선택이었다. 물론 디아루기아에게는 이 소식이 마음에 들지는 않았을 것이다.

"그래서. 정말로 오늘 바깥으로 나가겠다는 거군요."

"어쩔 수 없는 상황이라는 건 당신도 잘 알고 있지 않습니까. 며칠 전부터 이야기해 두기도 했고…… 최근에는 일을 끝낸 이후에는 항상 둥지에 들렀다고 생각했는데……."

"그동안 하지 않았던 일이었으니 아버지로서 당연히 해야 될 일을 했을 뿐입니다. 생색을 내거나 협상의 카드로 내세울 만한 일이 아니라는 거 아시고 계시지 않습니까."

"크게 오래 걸리지는 않을 겁니다. 그래도 오늘은 이렇게 수업 참관에도 함께했으니……."

"본래대로였다면 몇 달 전에 지켜져야 했던 약속입니다."

"어쩔 수 없는 상황이었습니다. 애초에 휴교를 때리고 대대적으로 리모델링에 들어간 학교에 어떻게 수업 참관을 가겠습니까. 이렇게 더 좋은 환경에서 더 크게 참관에 함께했으니 솔직히 그 일로 저를 탓하는 건 부당합니다. 그리고 기왕 말이 나왔으니 하는 소린데 말입니다. 저도 그렇게 한가한 사람이 아닙니다. 그 바쁜 와중에도 열과 성을 똘똘이에게 쏟았고 똘똘이도 충분히 즐거워하는 마당에 자꾸 이렇게 불만을 표현하시면 저도 섭섭하지 않을 수가 없습니다. 아니면 제가 둥지를 떠나지 않았으면 하는 이유 중에 혹시라도 똘똘이가 아니라 다른 이유가 있는 겁니까?"

"무슨……."

"이를테면 디아루기아, 당신이 저를 떠나보내고 싶지 않다든가……."

디아루기아를 도발하기 위해 던진 말이기는 했지만 순식간에 디아루기아의 표정이 썩어들어 가는 게 눈에 들어왔다.

'지금 무슨 개소리를 하시는 겁니까'라고 말하고 있는 듯한 느낌. 대놓고 상처받을 수밖에 없는 표정이었다는 건 두말할 필요도 없을 것이다.

'슈바…… 나도 인기 많은 사람이야.'

조금 독특한 사람들에게 사랑을 받기는 하지만 적어도 저런 취급을 당할 정도는 아니다. 벌레라도 보는 것 같은 얼굴에 열이 오른 것은 당연지사. 마침 똘똘이, 아니, 디아루리아와 막스가 모든 수업을 마치고 뛰어오는 것이 보여 디아루기아의 허리를 감싸 안았다.

흠칫 몸을 떨기는 했지만 똘똘이의 앞에서 그녀와 나는 사이좋은 부모를 연기한다. 최대한 몸을 밀착시키자 디아루기아는 나를 흘깃 바라보며 눈살을 찌푸렸다.

그렇지만 이쪽을 떨어뜨릴 수 없었던 것은 당연지사. 눈앞에 있는 디아루리아를 의식하고 있는 것이 틀림없으리라. 아직까지 강현욱 박사의 솔루션은 진행되고 있는 도중이었으니까.

"아빠! 나 오늘!"

"모두 다 지켜보고 있었단다. 디아루리아. 그동안 얼마나 열심히 했는지 눈에 보이더구나."

"히히히힛!"

"이런 수업 말고도 엄마가 가르쳐주고 있는 것도 열심히 하고 있는 거지? 디아루기아는 조금 어땠어?"

사랑이 가득한 눈으로 디아루기아를 바라본 것은 당연지사. 아까 전까지만 해도 썩은 표정을 짓고 있던 디아루기아 역시 딸을 위해 사랑을 연기하고 있었다.

"저도 잘 봤어요, 여보. 그보다 참 대단하더구나, 디아루리아. 특히 마지막 검술 시연은 정말……."

"……."

물론 뒤틀린 황천의 기벽을 가지고 있는 똘똘이의 눈에 우리 둘의 모습이 아니꼽게 보일 것이다. 눈을 흘기며 자신의 어머니를 바라보는 눈초리가 매섭다 못해 무서워진다.

디아루기아는 조금 당황한 표정이었지만 이쪽이 무한한 사랑을 주겠다는 기세로 애정 표현을 시작하니 너무 이러지는 말라는 듯 나를 힐끔힐끔 바라보고 있었다.

'한번 망해봐라, 여편네야.'

치졸하고 소심한 복수였지만 묘하게 기분이 좋아졌다는 것은 굳이 설명할 필요도 없으리라.

"아. 우리 막내아들도 오늘 잘 봤어."

"네 넵."

"디아루리아랑은 사이좋게 지내고 있지?"

"아…… 네…… 넵. 아버지."

"응!"

사실 그다지 사이좋게 지내고 있다는 느낌은 아니다. 첫 만남의 몸통박치기를 잊지 못한 박물관 관리인 막스는 여전히 똘똘이를 어려워하고 있었고 똘똘이는 여전히 자신의 동생을 좋아하지 않는다.

이런 건 보통 시간이 해결해 줄 문제라고 생각하지만 내 생각보다 시간이 더 걸리고 있었다.

아무튼 간에 나름대로 커다란 과업이라고 생각했던 수업 참관이 마무리된 상황, 둥지로 돌아가는 길에 함께 식사를 하고 나름대로 즐거운 시간을 보내자 어느덧 라이오스로 출발해야 할 시간이 다가오고 있었다.

예상대로 똘똘이는 울며불며 이쪽의 바지를 붙잡았고 잘 표현은 하지 않지만 관리인 막사원도 섭섭해하는 기색을 내비쳤다.

"금방 다녀올 테니까 엄마 말 듣고 잘 기다리고 있어야 한다. 막사원도 박물관 관리 잘하고, 일이 생겨서 오픈은 조금 더 늦춰야 될 것 같다만……."

"넵. 알겠습니다."

"그래. 똘똘…… 아니, 디아루리아. 이번에는 정말 얼마 걸리지 않을 거니까 괜찮아."

"으응."

"자. 안아줄 테니까. 이리와."

냉큼 뛰어들어오는 모습은 꽤나 귀엽다. 심지어 오랜만에 드래곤 폼으로 달려들어와 멈칫했을 정도.

키에에에에에에에엑! 거리는 소리와 함께 얼굴에 잔뜩 타액이 묻었지만 기분이 나쁘지는 않았다.

딸과 아버지의 눈물 나는 이별식에 막스도 괜스레 눈치를 보고 있는 것 같은 느낌. 슬쩍 손짓하자 눈치를 보며 다가오는 게 시야에 비쳤다.

'얘도 조금 달라지기는 했어.'

묘하게 어리광이 늘었다. 원래 우리 똘똘이는 인간 폼일 경우에도 대놓고 달라붙어 헥헥거리고 키엑키엑 거리기는 했지만 막스 같은 경우에는 눈치를 심하게 보는 것 같은 포지션을 취할 때가 많았다.

아무래도 너무 갑작스럽게 이쪽과 연을 맺다 보니 생긴 부작용이라고 할 수 있으리라.

물론 마력 홀로그램의 탄생을 가속화시킨 1등 공신인 만큼 내 쪽에서는 최고의 케어를 해주고는 있었지만 막스가 이쪽을 편하게 대하는 가와는 다른 이야기였다.

최근 들어서야 이런 행동을 조금씩 하니 녀석 역시 달라지기는 달라졌다는 생각을 할 수밖에 없었다는 거다.

괜스레 한 번 머리를 쓰다듬어 주는 걸로 작은 미소가 피어 나오는 걸 보니 어린아이 취급을 받는 게 기분이 나쁘지는 않은 모양이다.

'귀엽네…….'

바뀐 변화나 환경에 대한 생각을 해보자 길드 하우스로 돌아가는 와중에도 오만가지 생각이 들었다.

달라진 것은 배경과 막사원뿐 만이 아니기 때문이리라.

파란 역시 커다란 변화를 겪었다. 일단은 이창렬, 유아영, 한소라, 파란의 2파티로 데려온 병아리들은 더 이상 병아리라고 부를 수 없을 정도로 성장해 버렸다.

특히나 이창렬은 나도 깜짝 놀랄 정도의 성장을 이루어냈는데 스텟과 능력치보다는 어마어마할 정도로 야비하고 치사한 전투 센스가 눈에 띄었다.

유아영은 대장장이로서 디아루기아의 비늘을 다룰 수 있을 정도로 성장했고 탱커로서는 조금 부족하긴 하지만 뛰어난 체력을 바탕으로 안정적으로 버티는 스타일의 전위로 성장할 수 있었다.

한소라 같은 경우에도 마찬가지. 애꾸눈에 절름발이인 것은 여전했지만 그녀는 마물의 단계를 뛰어넘어 악마와의 직접 계약을 목전에 두고 있었다.

물론 그녀가 흑마법사로서 성장하고 있다는 게 나와 그녀와의 비밀이라는 것은 두말할 필요도 없으리라.

안기모는 여전하기는 했지만 공식적으로 박덕구의 그녀가 된 황정연과 함께 2파티를 1파티의 수준까지 끌어올리기 위해 총력을 기울이고 있었다.

'물론 불가능하겠지만…….'

파란의 메인파티는 현 교국, 아니, 대륙 최고라고 해도 부족함이 없다. 이제는 명실상부 순정 탱커로서의 위치를 공고히 하고 있는 박덕구, 녀석 같은 경우에는 너무 변함이 없어서 탈이라는 생각이 들기는 했었지만 실력 역시 제자리에 멈춘 것은 아니었다.

다시 한번 몰래카메라를 당하기 싫은 건지 미친 듯이 훈련에 열중해 나쁘지 않은 위치까지 올라갔고 실제로 김현성의 영원한 부관 조혜진과 대련을 할 수 있을 정도의 수준까지 올라왔다.

원래 천재로 분류할 수 있는 꼬맹이 김예리는 무서울 정도의 성장을 이루어냈고 이제는 더 이상 꼬맹이라고 부르면 안 될 것 같은 외관으로 자라기는 했지만 어째서인지 유독 한 곳 만큼은 전혀 성장하지 않았다. 선희영 역시 정상급의 사제로 성장한 것은 마찬가지. 그녀는 내가 이전에 받았던 명예주교라는 칭호를 받았고 그 자리에 걸맞은 신성력을 보유하게 됐다.

굳이 정리를 해보자면 파란은 강해지고 또 강해졌다. 단순히 무력뿐 만이 아니라 정치적 위치도 감당할 수 없을 수준까지 올라갔다.

사실상 탄탄대로의 성공길을 타고 있다고 해도 과언이 아닌 상황. 물론 그렇게 성장하는 와중에도 왠지 모르게 이쪽의 신경을 거슬리게 하는 불안요소는 존재했다.

정확히 말하면 두 가지.

한 가지는 사랑스러운 회귀자 김현성, 그리고…….

녀석보다 더 불안함을 증폭시키고 있는 나머지 하나는 최근에 유독 조용한 시간을 보내고 있는 정하얀이었다.

'너무 조용해. ×발…… 요즘 왜 이렇게 조용한 거지.'

아무것도 하지 않아도 이토록 나를 불안하게 할 수 있다는 것도 능력 아닌 능력이라 할 수 있으리라. 분위기는 마치 폭풍 전의 고요함. 괜스레 똥줄이 타는 게 기분 탓만은 아닐 거라고 생각했다.

사실 김현성 같은 경우에도 커다란 문제는 있는 것은 아니었다. 녀석은 여전히 길드마스터로서의 업무를 훌륭히 수행했고 교국 8좌로서 여러 가지 일을 병행하고 있었다.

병아리들을 데리고 영웅 등급의 던전을 다녀오기도 했고 당연하지만 개인의 성장 역시 결코 등한시하지 않았다.

샤를롯트에게는 조금 미움받기는 했지만 그녀와 주기적으로 만나며 관계를 재구축한 듯 보였고 조혜진이나 철컹 철컹 김예리와 대놓고 러브 코미디를 찍는 한편, 검은 백조의 길드 마스터 박연주와도 지속적으로 만남을 가졌다.

잘생기고 능력 있는 놈이었으니 여자들이 꼬이는 것은 당연지사. 어떻게 생각해 봐도 무난한 하루하루를 보내고 있었다는 거다.

교국의 내부 정리로 모두가 바쁘기는 했지만 비교적 여유롭고 평화로운 시간을 보냈다는 건 그 누구도 부정할 수 없었을 것이다.

문제는 녀석이 그 여유로움을 불편해한다는 데 있었다.

'쯧…….'

이러고 지내도 되나. 하는 생각을 하는 것처럼 보일 때가 많았던 것은 당연했다. 아마 몇 달 전의 일이 결정적이었을 거라고 생각했다.

사실 별건 아니다. 정리해 보자면 길드원들에게 일어난 작은 이벤트였지만 내 입장에서는 조금 재미있다고 분류할 수 있는 사건이었다.

약 두 달 정도를 무게 잡고 있었던 우리 회귀자가 길드원들을 소집한 이후 야심 차게 원정길에 올랐다. 당시 배경이 한 참 내부 정리에 바빴던 시기였기 때문에 원정 자체가 무리가 있다고 생각했었지만 당연히 뭔가 이유가 있을 거라고 판단할 수밖에 없었다.

보통 녀석이 모든 길드원을 전부 소집하는 일이 흔하지 않은 만큼 그만한 이유가 있을 거라 여겼기 때문이다.

미래에 일어날 재앙 중 하나를 대비한다는 막중한 책임감이 김현성의 얼굴에 감돌았었고 나 역시 긴장할 수밖에 없는 상황이었다.

김현성은 사망자를 고려하지 않은 것 같았지만 혹시라도 일이 꼬일 수도 있었으니까. 다른 길드원들 같은 경우에는 모두 의아해하면서도 원정길에 오르기는 했지만…….

막상 뚜껑을 까보니 놀라울 만큼 아무 일도 일어나지 않았다. 눈앞에 보였던 건 일반등급의 지하 던전뿐이었고 원정대는 김현성을 바라보며 당황스러운 표정을 보낼 수밖에 없었다.

미래의 재앙이나 김현성을 위기로 몰아붙일 흑막 대신 자리한 것은 아기자기하고 작은 몬스터들, 심지어 비선공몬스터였기 때문에 후반부터는 아예 돗자리를 깔고 캠핑을 즐기기 시작했다.

'저…… 요즘 너무들 바쁘신 것 같아서…… 이런 자리를 준비해 봤습니다. 그…… 단합대회입니다. 단합대회…… 네. 그렇습니다. 푹 쉬셨으면…… 좋겠습니다.'

거짓말에 재능이 없는 녀석의 떨리는 얼굴은 아직도 잊혀지지가 않는다. 자신의 기억이 틀린 것은 아닌지 꼼꼼히 던전을 뒤지기는 했지만 무언가 발견될 리 없었던 것은 당연. 미래가 바뀌었다는 걸 본인의 눈으로 직접 확인한 것이다.

녀석은 안심한 것 같기도 했지만 반대로 눈에 띄게 초조해진 것 같기도 했다.

우리 사랑스러운 회귀자 본인이 뭔가 초조해하는 것을 옆에서 지켜보는 게 가슴 아팠던 것은 당연한 일이다. 물론 어느 정도 이해가 가는 상황이기는 했다. 지금 녀석의 입장에서는 당황스러운 일이 한둘이 아니었을 테니까.

'미래가 너무 많이 바뀌었다고 생각하고 있는 것 같은데…….'

본래 1회차대로였다면 지금쯤은 나와 박덕구가 지내고 있었던 도시가 지도에서 사라지고 덕구 녀석이 무지개다리를 건넜을 타이밍이다.

폐허 속에서 카스가노 유노가 나를 발견한 시기. 어느 정도의 시간 오차가 있기야 있겠지만 대충 시간상으로 계산해 봤을 때는 그게 맞다.

검은색 세계의 나는 지금쯤 카스가노 유노의 방에서 요양을 보내고 있었을 것이다.

자세하게 무슨 일이 일어났는지에 대해서는 내가 알 수 없지만 무려 도시 하나가 지워진 사건. 1회 차에서 이 사건이 회자되지 않을 리가 없다.

이유야 무엇이든 간에 내가 카스가노 유노를 통해 바라봤던 도시는 말도 하지 못할 정도로 개박살이 나 있었으니까.

이번 회차에는 그런 일이 벌어지지 않았다. 더러운 살인마 정진호도 성장하기 전에 죽여 살인여단의 탄생을 막아냈고 악마숭배자 이토소우타 역시 명예주교의 활약으로 린델을 휘어잡거나 악마를 소환하지 못하게 됐다.

카스가노 유노의 요조라 길드도 나와 만남으로써 움직임이 커졌다. 언론이 탄생해 일부 권력자들이 눈치를 보게 됐고 교국에는 신성한 민주주의가 들어섰다.

굵직굵직한 사건만 해도 벌써 여러 가지. 나비효과라는 게 일어나지 않을 리가 없다는 거다.

이토 소우타나 정진호의 끄나풀이나 그들과 함께했던 이들 역시 세상에 나오지 않는 것은 불 보듯 뻔한 일. 애초에 머더러 클랜 자체의 숫자가 크게 줄어들었다.

자유도시 실리아나 린델이 치안에 신경 쓴 덕분이기도 하니 녀석이 알고 있는 미래의 재앙들이 사라진 것도 이상한 일이 아니다.

응당 기뻐해야 될 일이 맞겠지만 녀석으로서는 불안하기도 할 것이다.

대륙을 관통하는 커다란 그림은 변하지 않았을지도 모르지만 미래를 알고 있다는 메리트가 사라지고 있다는 사실을 달가워할 리가 없다.

김현성은 그 불안감을 더 강해져야 한다는 집착이나 훈련에 쏟아부었다. 혼자서 대륙을 돌아다니는 일이 잦아졌고 누군가의 꼬리를 밟기 위해 움직이는 것 같았다.

분명히 여유로울 수 있는 상황이지만 본인을 더 채찍질함으로써 불안감을 날려 버리는 방법을 선택한 것이다.

'이 새끼가 초조해하니까…….'

괜스레 나도 초조해진다. 김현성 같은 경우에는 이게 전부였다. 딱 그게 전부다. 그렇지만 정하얀 같은 경우에는 사정이 조금 다르다.

"어? 형님!"

넋을 놓고 길을 걷고 있던 도중 들려온 목소리에 고개를 돌렸다.

"아. 덕구야."

그다지 변한 게 없는 박덕구가 시야에 들어왔다. 덩치가 조금 커진 것만 빼고는 여전히 그대로다.

헐레벌떡 이쪽으로 뛰어들어와 주변을 경계하는 모습은 동네 체육관 가는 백수 같다. 누가 봐도 이쪽의 호위를 서는 것처럼 보이지만 아쉽게도 나는 위협에 놓여 있지 않았다.

"아니. 이렇게 혼자 돌아다니면 위험하다니까. 거, 전서구 하나 넣어줬으면 둥지 쪽으로 마중 나갔을 거요."

"위험은 무슨…… 타국도 아니고 린델 안인데 뭐…… 혹시 하얀이는 같이 안 왔어?"

"누님은 오늘도 방에 틀어박혀 있었던 것 같은데…… 함께 마중 가자고 했었는데 마무리해야 될 일이 있다고 거절하더라니까."

'이런 게 불안해.'

단언컨대 평소의 정하얀이라면 절대로 이런 선택을 하지 않았을 것이다.

묘하게 조용한 것으로 모자라 그녀의 행동에도 작은 변화가 생긴 것이다.

"그러고 보니 요즘 누님이랑 조금 떨어진 시간이 있는 것 같은데…… 혹시 둘이 싸운 건 아니요?"

"싸우기는 무슨."

"혹시 뭐 고민 같은 거 있으면 이 연애박사 박덕구에게 상담 한 번 받아보는 걸……."

"그런 거 아니야."

"거, 아무리 형님이라고 해도 고민 한 두 개쯤은 있을 거 아니요. 언제든지 허심탄회하게 말해도 형님이라면 환영이요."

'차라리 싸운 거였으면 좋겠다. 이 새끼야……'

정말로 사랑싸움 같은 걸 했다면 이렇게 불안하지는 않았을 거다.

사실 평소와 행동이 크게 달라진 것은 아니다. 그나마 안심할 수 있었던 이유에는 아직까지 정하얀이 이쪽의 스토킹을 멈추지 않고 있다는 데 있었다. 아네모네의 눈으로 간혹 이쪽을 바라보기도 했고 얼굴을 마주치면 예전과 변함이 없이 미친 듯이 달라붙어 온다.

자신이 먼저 데이트를 나가자고 주장할 때도 많았고 심지어 어떻게든 스킨십을 하겠다는 움직임 역시 여전하다.

달라진 것은 이 전처럼 24시간 붙어 있지 않았다는 것.

하루에 평균적으로 함께 있는 시간을 계산해 보면 불과 5시간도 되지 않는다.

하루 온종일 이쪽과 붙어 있으려고 하던 예전과 비교한다면 믿을 수 없는 상황이었다. 혹시나 철이 든 것은 아닌지에 대해 떠올려보기는 했지만 확률은 적을 거라고 생각했다.

'아냐. 어쩌면 정말로…… 철이 든 거 일 수도 있지만…….'

사실 뭔가 스스로를 억제하려고 있다는 느낌을 받을 때가 많다.

커다란 예로 희라 누나나 카스가노 유노를 만나러 갈 때도 경기를 일으키지도 않았고 심지어 저녁을 먹으러 나가거나 바쁜 일 때문에 길드 하우스로 돌아가지 않아도 이쪽을 찾아오지 않았다.

입술을 꽉 깨물면서 손을 흔들고 빨리 돌아오라고 말하는 건 여전했지만 민폐를 끼치면 안 된다는 생각을 가지고 있는 것 같았다.

나야 환영할 만한 이야기였지만 정하얀 본인이 스트레스를 더 많이 받고 있는 느낌. 바로 옆에서 보고 있으면 정하얀이 얼마나 스트레스를 받고 있는지 눈에 보일 정도였다.

손톱을 하도 깨물어 오른쪽 손톱은 엉망이 되어 있었고 잠을 제대로 자지 못했는지 퀭한 모습을 하고 있을 때도 많았다. 심지어 혼자 중얼거리거나 큰 소리로 '바보, 멍청이!'라고 소리를 지르는 모습도 목격했으니 살이 떨리는 게 이상한 상황은 아니다.

당장은 조용히 잘 지내주고 있었지만 상태는 마치 언제 터질지 모르는 폭탄. 이런 상황이 몇 개월 동안 지속되다 보니 내 쪽에서 먼저 다가간 적도 있을 정도였다.

'이거 밀당하고 있는 건 아니겠지.'

정하얀이 밀당을 하는 그림이 그려지지 않는 것은 당연하다. 만약 이게 작전이 맞다면 반쯤은 성공한 것이 맞다. 실제로 이쪽이 정하얀에 대해 신경 쓰고 있는 시간이 많아졌으니까.

"뭐 하고 있는데?"

"뭐 평소랑 똑같은 거 같던데…… 거, 하얀이 누님도 라이오스로 함께 가는 거 아니요?"

"응."

"그 준비를 한다고 한다고…… 들었던 것 같았는데……."

'진짜 철 들었나.'

짐을 먼저 싸놓고 우리를 기다리는 정하얀의 모습은 상상이 가지 않지만 만약에 박덕구의 말이 사실이라면 정말로 철이 들었을 가능성을 떠올려 봐도 될 것 같았다.

천천히 발걸음을 옮기다 보니 어느새 린델의 길드 하우스에 도착. 길드 직원들이 나를 반겼고 병아리들을 비롯한 다른 이들과도 하나씩 인사를 주고받는다.

"희영 씨."

"아. 오셨군요. 기영 씨. 지금 바로 떠나셔야 되는 건가요? 교황청의 일로 상의드릴 일이 있는데……."

"네. 짐 챙기고 곧바로 나가야 할 것 같습니다. 길지 않은 이야기라면……."

"아니요. 그렇다면 다음에 시간을 내보는 게 좋을 것 같네요."

"죄송합니다."

"아뇨. 아뇨. 죄송해하실 필요 없어요."

선희영과 인사를 마친 이후, 함께 가기로 한 한소라를 챙기는 것도 당연한 일이다.

정하얀만 보면 터져 나왔던 요실금 증상도 어느 정도 고쳐졌고 실제로도 유능하니 부관으로 데려가기에는 적절할 것이라 생각했다.

이미 짐을 챙겨놓고 기다리고 있는 것을 보니 확실히 믿음직스러운 면이 있다. 함께 가기로 한 차희라와 카스가노 유노를 이번에도 기다리게 할 수는 없었기 때문에 이쪽 역시 짐을 챙기기 위해 위층으로 올라갈 수밖에 없었다.

'얘 진짜 뭐 하고 있는 거지…… 정말로 준비하고 있는 건가.'

물론 그 순간에도 궁금한 것은 정하얀이 무엇을 하고 있는지다.

길드에 들어왔음에도 불구하고 얼굴 한 번 비추지 않은 것은 처음이다. 저도 모르게 행복회로를 돌리려는 바로 그때였다. 순간적으로 쾅 하는 소리와 함께 옆 방의 문이 튕겨 나온 것.

"해…… 해냈어. 해, 해냈다구……. 됐어! 히히히힛! 이제 됐어!"

정말로 기분 좋은 듯이 혼잣말을 중얼거리고 있는 목소리는 무척이나 익숙하다.

은근슬쩍 방문을 바라본 것은 당연지사. 방 안에 있던 정하얀을 눈으로 직접 확인한 나는 입안에 고여 있던 침을 목구멍으로 삼켜 넘길 수밖에 없었다.

'뭐야…….'

어처구니가 없어 실소가 나오는 상황.

'마력…… 마력 능력치…… 구십 구.'

순간적으로 뒤를 홱 돌아보는 정하얀의 얼굴이 눈에 들어왔다.

84장
마력 능력치 99

"오, 오빠! 해, 해냈어요!"

"아…… 응……."

"드, 드디어 해냈어요!"

잔뜩 흥분한 것 같은 목소리가 들려왔다. 목소리만 그런 것이 아니다.

얼굴 역시 벌겋게 상기되어 있었다. 우다다 달려오더니 안아 달라는 듯 꽉 팔을 벌렸다. 이렇게 대놓고 달려온 적은 처음이었기 때문에 조금은 당황스러울 수밖에 없었다.

살짝 팔을 벌려 등을 다독여 주자 킁킁거리며 더욱더 안쪽으로 파고들려고 하는 모습이 눈에 띈다.

'평소대로네.'

평소대로다.

하지만 몸 안에서 요동치는 마력이 무척이나 신경 쓰인다.

'마력 능력치 구십구…….'

나도 모르게 되새김질하게 되는 그 이름. 어처구니없지만 내 눈으로 보고 있는 건 조작된 내용이 아니었다.

당황스러워 헛기침이 나올 정도. 물론 그녀가 성장할 거라는 건 예상을 했지만…… 이토록 빠르게 올라올 거라고는 상상하지 못했다.

애초에 특정 스탯이 90대로 들어서면 눈에 띄게 성장이 느려진다.

성장한계치가 영웅 등급 이상이라면 위로 올라가는 게 거의 불가능했고 전설 등급 이상이라고 하더라도 스탯 하나하나 올리는 것이 쉽지가 않다.

정하얀 같은 경우에는 90의 마력 능력치에서 전설 등급의 아이템과 주인의식에 성공해 능력치를 뻥튀기한 케이스. 순간적으로 마력이 올라가기는 했지만 당연히 비정상적인 성장 루트였고 부작용을 떠안을 수밖에 없었다.

빠르게 강해지고 싶다는 열망 때문에 스펙업을 선택하기는 했지만 자신이 점핑했던 길을 복습해야 하는 시간을 가져야 하는 상황이었다는 거다.

우여곡절 끝에 98의 마력 능력치를 손에 넣었지만 마력 능력치 1을 올리기 위한 시간은 약 3년에서 4년 정도를 바라보고 있었던 것이 사실. 실제로 김현성 역시 정하얀이 가지고 있는 것들을 소화하기까지 많은 시간이 걸릴 거라 판단했고 전설 아이템인 아네모네에서 숙지한 마법을 배우는 것에만 1년 정도의 시간을 쏟을 것이라 예상했다.

'그걸 뒤집었어.'

그걸 완벽하게 뒤집었다.

정하얀의 현재 마력 능력치가 99라는 소리는 피로 물든 보석 아네모네에서 흡수한 마법 능력을 전부 소화했다는 뜻이나 다름이 없다. 그걸로도 모자라 한계돌파를 감행한 셈이다.

최근에는 마법을 붙잡고 있는 모습을 본 적이 없었기 때문에 이렇게 갑자기 성장할 거라고는 상상하지 못했다.

'이거였구나.'

그동안 조용하던 이유가 이거였다. 모르긴 몰라도 자기 자신에게 무슨 제약이라도 걸어놨던 모양이었다. 자세한 내용은 내 알 바 아니지만 목표를 달성할 때까지 자제하기 같은 자신과의 약속이 있었을지도 모른다고 생각했다.

기뻐하며 박수를 보내야 하는 게 당연했지만 어디로 튈지 모르는 럭비공이 명실상부 초인의 반열에 올라갔다고 생각하니 왠지 모르게 표정이 잘 펴지지 않았다.

'어디까지 올라온 거지.'

전투력 측정이 잘 안 된다.

'×발…… 김현성보다 센 건 아니겠지.'

그건 아니다.

정하얀의 성장 밸런스는 지나치게 마력과 지능에 특화되어 있었고 애초에 마법사의 대인전은 검사나 전사의 그것과는 비교할 수조차 없다.

그렇지만 적어도 화력 면에서는 밀리지 않을 것이라는 게 개인적인 판단. 전투력 측정기 박덕구를 활용해 보고 싶지만 아무리 박덕구라도 지금의 정하얀의 마법을 맞으면 순식간에 통구이가 되어버릴 것이다.

단순 화력만 생각해 본다면 린델, 아니, 교국 내에서 세 손가락 안에 들지도 모른다고 생각했다.

낮은 전투 숙련도와 지나치게 빠른 성장으로 인해 얻은 여러 가지 부작용을 감안해도 마력 능력치 99의 무게감은 줄어들지 않는다.

기쁜 마음과 불안한 마음이 공존한 것이 당연. 그렇지만 일단은 성장을 축하해 주는 것이 먼저라는 생각이 들었다.

"무슨 일인데?"

"아! 마, 마력 능력치가 올랐어요. 이제는 구십구예요! 그동안 사용할 수 없었던 마법도 사용할 수 있고 생각만 하고 있던 것들도 시, 실험해 볼 수 있을 것 같아요!"

"그래?"

"네!"

"정말 대단하네. 현성 씨도 몇 년이 걸릴 거라고 했었잖아."

"그, 그래도 열심히 했어요. 오빠 생각하면서 열, 열심히요. 그동안 오빠한테 여러 가지로 신경 써드리지 못한 것도 그, 그런 이유였고요."

신경을 안 쓴 것치고는 제법 많은 시간을 함께했다.

"이제는 조금 더 오래 같이 있을 수 있어요. 헤헤."

"그거 잘됐네. 나는 또 하얀이가 혼자 있고 싶어 하는 줄 알고 있었거든."

"아니! 절대 아니에요, 절대로! 아무래도 오빠랑 항상 같이 있으면 자꾸만 다른 생각이 들어서……."

"아…… 응……."

그 다른 생각이 어떤 생각인지는 대충 상상이 가기는 했지만 무슨 생각이 드는지에 대해서는 자세하게 캐묻지 않았다.

"어떻게 조금 피곤하지? 잠도 못 잔 것 같은데……."

"네. 사실은…… 조금 그래요."

"역시 라이오스는 나 혼자 다녀오는 게 좋겠지?"

"아니요! 머, 멀쩡해요! 하나도 안 피곤해요! 가, 같이 자요. 아니, 같이 가요. 오빠. 짐 정리도 거의 다 끝나가니까!"

어차피 떼놓고 갈 수 있을 거라고는 생각하지도 않았다. 슬쩍 방을 바라보자 마치 폐허라도 된 것 같은 안이 시야에 비친다. 이쪽의 짐을 챙겨놓는 것은 고사하고 자신의 짐도 챙기지 않은 것이 확실하리라.

이유를 알 수 없는 불안감이 스멀스멀 올라와 그녀를 떼고 가고 싶긴 했지만 이 상태의 정하얀을 혼자 내버려 두는 것도 여간 신경 쓰인다.

약간의 내적 갈등이 있었지만 데리고 가는 것이 올바른 선택. 혹여나 내가 다른 말을 해올까 허겁지겁 방 안으로 들어가 짐을 챙기는 모습이 시야에 비쳤다.

입꼬리는 한 것 올라가 있었고 콧노래까지 흥얼거리는 걸 보면 기분이 좋아도 이렇게 좋을 수가 없는 모양. 뭔가 자신감도 엄청나게 올라간 것 같은 느낌이다.

필요한 짐은 라이오스에서 전부 사려는 모양인지 간단하게 옷과 화장품을 챙기는 것이 보였다. 이쪽 역시 방 안으로 들어가 대충 짐을 챙긴 것은 당연한 일이다.

시간이 얼마 지나지 않아 정하얀과 함께 1층으로 내려갈 수 있었고 그곳에서 미리 이쪽을 기다리고 있는 박덕구와 한소라를 볼 수 있었다.

한소라는 정하얀이 내려오자 살짝 흠칫하기는 했지만 일단은 평정심을 유지하고 있는 모습, 싱글벙글 기분 좋은 웃음을 입가에 올리고 있는 정하얀의 상태가 좋다는 걸 깨닫고 무척 안심하고 있는 것 같았다.

"길드마스터 형씨한테는 인사 안 드리고 갈 거요?"

"어제 드렸다. 오늘은 현성 씨도 할 일이 있어서 마중 나오지 못할 거라고 했고…… 빨리 출발하자 늦겠네."

"거, 형님이랑 누님이 늦게 나와서 이리 늦은 거 아니요. 그래도 빨리 움직이면 시간 안에는 도착할 거요. 정 안 되면 내가 세 명 다 들고 뛰면 되고."

"그건 사양하고 싶은데…… 일단 움직이자. 조금은 늦어도 상관없을 거야."

"알겠소."

이쪽을 마중 나온 이들과는 다시 한번 인사를 마치고 등을 돌린다.

그 와중에 나오지 못할지도 모른다고 이야기했었던 김현성도 모습을 비쳤다. 반가운 마음이 들기는 했지만 굳이 미사여구를 붙인 인사는 하지 않았다.

최근 항상 불안해 보였던 녀석의 표정에 나는 미소를 지으며 손을 내밀었고 녀석 역시 내 손을 붙잡으며 입가에 미소를 만들었다.

"다녀오겠습니다."

"예. 혹시 무슨 일이 있으면 연락드리겠습니다."

"네. 현성 씨."

오래 떨어지지 않을 계획인 만큼 작별인사는 이것으로 끝.

붉은 용병을 너무 오래 기다리게 하는 실례를 범할 수는 없었기 때문에 최대한 빠르게 발을 놀린다.

정하얀은 내 팔을 꽉 붙잡고 의기양양한 표정을 짓고 있었고 박덕구는 혹시라도 시간에 늦을까 초조한 표정, 한소라는 정하얀과의 안전거리를 착실히 유지하고 있었다.

그 와중에 정하얀은 그동안 떨어진 걸 보상이라도 받으려는 양 점점 더 안쪽으로 파고들고 있었다. 조금은 부담스러운 것이 사실. 그렇지만 지금 당장은 원하는 걸 하게 해주는 게 좋을 거라고 생각했다.

굳이 기분을 나쁘게 해서 좋을 건 없었으니까.

'빠르게 강해지면 내가 좋아할 거라고 생각한 건가.'

그런 이유도 있기야 하겠지만 아마 조금 더 다른 이유가 있을 거라고 생각했다.

떠올려 보면 정하얀이 처음 힘에 집착하기 시작한 것은 진짜 강자를 자신의 눈으로 확인한 이후였다. 그 뒤로도 계속해서 힘이 필요했던 상황을 겪었었고 그 기억은 정하얀을 이끌어주는 원동력이 돼 그녀의 성장을 촉진시켰다.

내 예상이 맞다면 조금 머리가 아플 수도 있는 상황을 겪을 수도 있으리라.

이런저런 대화를 나누다 보니 약속 장소 앞에 이쪽을 기다리고 있는 몇몇 이가 시야에 비친다.

마치 처음 만났을 때처럼 몸매가 훤히 드러나는 옷을 입고 있는 이의 모습은 확실히 매력적. 붉은색 머리를 휘날리고 있는 여자, 붉은 용병의 길드마스터이자 교국의 의원 중 하나. 명실상부 린델의 넘버원이라고 할 수 있는 용병여왕 차희라였다.

다짜고짜 이쪽으로 달려 들어와 어깨에 팔을 걸친 채로 입을 열어오는 모습은 여전했다.

정하얀은 잠깐 흠칫하기는 했지만 차희라를 빤히 바라보는 것 말고는 다른 행동을 취하지는 않았다.

"조금 늦었네. 자기?"

"아. 일이 조금 늦게 끝나서……."

"씨알도 안 먹힐 거짓말은…… 뭐 보나 마나 길드 하우스에서 꾸물거리다 늦었겠지. 아무튼 간에 출발하자. 아! 세컨드는 오랜만이네?"

"네……."

"어때 그동안 잘 지냈어?"

"나름……."

그렇지만 정하얀의 표정이 제법 묘해보인다. 대놓고는 아니었지만 마치 차희라를 재는 느낌. 적의가 든 표정은 아니었지만 뭔가 천천히 시동을 걸려고 하는 듯한 얼굴이었다.

'슈바…… 재 왜 저래.'

뭐라고 표현해야 할지는 모르겠지만 천천히 차희라를 위아래로 살펴보는 정하얀은 손가락을 계속해서 까닥거리고 있었다.

나에게 어깨동무를 한 채로 마차 안으로 데리고 가던 차희라 역시 움직임을 우뚝 멈췄다. 고개를 돌려 자신을 바라보는 정하얀의 눈을 똑바로 마주치는 것이 시야에 비쳤다.

그 어떤 대화도 나누지 않았지만 왠지 모르게 내가 작아지는 것 같은 느낌이 든다.

정하얀 위험 측정기 한소라는 발을 절뚝거리며 전투력 측정기 박덕구의 뒤로 자리를 옮겼고 박덕구는 갑작스러운 상황에 꿀 먹은 벙어리가 되어버렸다.

뭔가 폭탄이 터질 것 같은 느낌. 굳이 내가 뭐하고 나서기도 애매한 타이밍이라고 생각했다. 둘은 서로를 바라보고 있을 뿐이었고 정하얀 역시 딱히 차희라에게 무례한 짓을 하고 있는 건 아니었으니까.

"왜. 뭐 할 말이라도 있어?"

"딱, 딱히…… 그렇지는……."

"그런데 사람을 그렇게 쳐다봐? 응?"

"제…… 제가 어떻게 봤는데요?"

'너네 ×발 이러지 마…….'

갑작스럽게 주변이 조용해진다. 라이오스로 함께 가기 위해 모인 이들도 물론이고 주변에서 들려오던 목소리들도 어느덧 들려오지 않는다.

베니고어 여신님께 기도라도 드리고 싶은 상황. 불행인지 다행인지 정하얀이 슬쩍 고개를 숙이자 차희라는 한 번 입꼬리를 올리고서는 다시 한번 나에게 말을 건네기 시작했다.

물론 어깨 위에 올린 팔과 묘하게 밀착시킨 가슴의 포지션도 여전했다.

"들어가자. 자기."

정하얀이 조그맣게 입을 연 것은 바로 그때.

"그 팔…… 치우는 게 좋을 것 같은데……."

혼자 소곤소곤 이야기하고 있지만 대놓고 들으라는 듯한 목소리였다.

"오, 오, 오빠가 불편해하는 것 같은데……."

"……뭐?"

'너네 ×발 진짜 이러지 마…….'

살짝 입꼬리를 올리고 있는 정하얀. 뭐라고 말로 형용하기 힘든 차희라의 표정이 눈에 들어왔다.

공기가 점점 무거워지는 것 같은 느낌이었다. 이유는 모르겠지만 점점 더 숨을 쉬기가 힘들어진다.

마력이나 살기 따위가 없었음에도 정체 모를 압박감이 느껴졌다.

'슈바…….'

정하얀 역시 따로 위협적인 행동을 하고 있지는 않았다. 차희라를 대놓고 적대시하는 미친 짓은 하지 않기를 기도할 수밖에 없었다.

그렇지만 행동이 조금 묘했던 것은 부정할 수 없는 사실. 뭐라고 딱 잡아 표현할 수는 없을 것 같았지만 적당한 예를 찾아보자면 기어오르고 있다는 표현이 어울릴 수도 있다고 생각했다.

물론 정하얀과 차희라는 상하관계가 아니지만 어디까지나 이 관계에 우위를 가지고 있었던 것은 차희라다.

붉은 머리의 광녀는 린델 내에 있는 유일한 분노조절장애 치료사였고, 그 치료는 어떤 부분에서는 정하얀에게 유효했다. 도저히 메울 수 없는 간극이 두 사람 사이에 존재하다 보니 정하얀 쪽에서 먼저 고개를 숙이는 것을 선택한 것이다.

그런 정하얀이 갑작스럽게 이런 포지션을 취하게 된 이유는 간단했다.

'마력 99.'

이제는 자신이 더 강하다고 생각한 게 틀림없으리라.

'무슨 동물의 왕국이야 뭐야.'

이제는 지금까지와는 다르다고 생각하는 것이 틀림없다.

정하얀의 머릿속에서 차희라에 대한 저울질이 끝나 버린 것이다. 정면으로 부딪쳐도 할 만하다는 생각이 들었고 곧바로 반기를 들어 올린 것이 맞다.

정하얀의 내부에서부터 시작된 작은 투쟁이라고 하는 것이 어울리리라.

신성 제국에서 일어난 혁명을 되새김질하는 건지는 모르겠지만 암컷을 독차지하고 있는 수컷에게 이빨을 보이는 젊은 도전자를 보는 것 같은 느낌. 격렬한 몸싸움이 연상되는 것은 당연했다.

물론 내 경우에는 성별이 뒤바뀌어 있었지만 비슷한 상황에 놓였다는 것만은 부정할 수 없는 사실이었다.

점점 더 불편해지는 상황 속에서 천천히 말을 주고받고 있는 두 사람의 모습은 조금 무서웠다. 장담컨대 이 두 사람이 나와 아무런 연관이 없는 사람들이라면 곧바로 자리를 박차고 나가버렸으리라.

이미 멀찍이 떨어진 한소라처럼 말이다.

"뭐?"

"오빠가…… 부, 불편해하는 것 같아서…… 다, 다른 건 아니고요……."

"다른 이유가 없는 건 아닌 것 같은데……."

"착, 착각…… 이세요……."

"착각은 무슨……."

"저, 정말 착각인데……. 진짜예요. 다른 뜻이 있는 건 아니라고요. 제가 말씀드렸잖아요. 그냥 오빠가 부, 불편해 보여서……."

"동생, 넌 내가 병신으로 보여?"

분위기가 급변한 것은 순식간. 당연히 개입해야겠다고 생각했지만 차희라가 입 다물라는 듯이 나서려는 이쪽을 가로막는다.

성큼성큼 정하얀 쪽으로 다가가는 것은 순식간이다.

약간의 키 차이가 있다 보니 차희라는 정하얀을 내려다보고 있었고 정하얀은 차희라는 올려다보고 있는 포지션. 당돌하게 차희라를 바라보고 있는 정하얀의 모습이 유독 눈에 띈다.

"지금 네가 조금 거슬린다는 거 알고 있지."

"잘 모르겠는데……."

"말이 짧네."

"잘 모르겠는데요……."

"그런 데 왜 눈을 그렇게 치켜떠?"

"무슨 말을 하는지 잘 모르겠는데요. 그, 그냥 평소대로고…… 그, 그냥 언니가 저를 아니꼽게 보고 있으신 것 같은데…… 어, 언니 저 맘에 안 들죠."

"너 지금 눈에 보이는 게 아무것도 없나 보다. 그렇지?"

"……."

"뭘 믿고 이런 지랄을 하고 있는지는 알 것 같은데 뒈지기 싫으면 눈깔 내려."

"네?"

"두 번 말 안 한다, 병아리야. 그 여리여리한 모가지 뒤틀리기 싫으면 당장 눈 깔라고."

갑자기 숨이 턱 하고 막히는 것 같은 느낌이 들었다.

지금까지는 숨쉬기가 힘들다 같은 종류의 느낌이었지만 갑작스럽게 무언가가 목구멍에 걸린 것 같다.

차희라가 있는 대로 기세를 끄집어내 정하얀을 위협하기 시작한 것이다.

살기인지 마력인지 개뿔 뭔지도 잘 모르겠지만 당장 이 자리를 벗어나야겠다는 것 빼고는 아무런 생각이 들지 않았다. 여기까지 여파가 미칠 정도였으니 정하얀 본인이 느낄 압박감은 어느 정도일지 상상하기가 힘들었다.

'슈바…….'

마음의 눈으로 차희라를 바라본 것은 당연지사. 조금씩 조금씩 지력 스탯이 내려가고 있는 게 실시간으로 보인다.

당연히 근력 스탯은 계속해서 올라가고 있었다. 지력을 깎고 근력을 올리는 고유능력을 사용하고 있는 것이다.

정말로 한바탕할 것 같은 느낌에 저도 모르게 발이 움직인다.

그나마 차희라가 이성적이라고 생각하고 있었지만 애초에 그녀의 칭호가 피에 미친 광녀, 신성 제국의 붉은 광녀라는 걸 생각해 보면 본래 성정은 이성과는 거리가 멀다.

자리한 위치와 한 집단의 지도자라는 상황이 그녀에게 정상인 코스프레를 시키고 있었다고 해도 과언이 아니다. 굳이 표현하자면 스스로 쇠구슬을 달고 있는 암사자였고 성질을 죽이고 있었던 미친개였다.

하지만 지금은 젊은 도전자가 잠자고 있던 사자의 콧털을 건드린 게 맞다.

'그만해, 하얀아…….'

몇 년 동안이나 그녀가 린델의 왕으로 군림하고 있었던 데에는 전부 이유가 있다.

사실 정하얀이 대충 무슨 생각을 하는지 눈에 보인다.

마력 스탯은 99고 실제로 예전과는 비교할 수 없을 정도로 성장했다. 판단하건대 웬만한 강자들이라고 할 수 있는 이들, 굳이 예를 들자면 가로쉬 앤 캐쉬의 갈오식이나 임리단 같은 이들 역시 정하얀에게 비빌 수가 없다.

그렇지만 차희라의 경우에는 조금 이야기가 다르다.

'근력 98.'

기본 근력이 98, 게다가 언제든지 유동적으로 지력 스탯을 옮겨 근력 스탯으로 옮기는 것이 가능하다.

'근력 101, 103, 106.'

계속해서 근력이 올라가고 있는 모습, 그만큼 지력이 내려간다.

혹시나 저번 같은 상황이 벌어지지는 않을까 걱정하고 있는 한편, 정하얀이 어떤 행동을 취할지 바라볼 수밖에 없었다.

만약 정하얀이 어떤 만화의 스카우트 같은 것을 달고 있다면 계속해서 전투력이 올라가고 있는 차희라를 바라보며 당황할 것이 틀림없으리라. 아니, 굳이 그런 물건이 없더라도 본인이 가장 잘 느끼고 있는 것 같다.

입술을 꽉 깨물고 눈에 묘한 독기가 가득 찬 것이 점점 더 흥분하려는 것 같은 얼굴이다.

캣파이트가 아니라 유혈전이 벌어질 것 같은 느낌적인 느낌. 하얀은 간접적으로 그녀에게 도전장을 내밀었고 붉은 머리의 광녀는 지금 새로운 도전자를 찍어 누르려고 하고 있다.

장담컨대 정하얀이 나와 아무 관련이 없는 사람이었다면 뭐가 됐든 사건이 터졌으리라.

'자기가 더 강하다고 생각하고 있나.'

적어도 해볼 만하다고 생각하고 있었겠지만 현실은 조금 다르다.

나 역시 정하얀이 강하다는 걸 의심하지 않았고 실제로 차희라에게 비벼볼 수도 있을 거라고 판단하기는 했지만 선물 상자를 까보니 경험이나 연륜 같은 게 다르다는 걸 확인할 수 있었다.

'생각보다 더 강한 거야.'

클래스가 용병여왕임에도 불구하고 무기를 들지 않는 걸 생각해 보면 더욱더 그랬다.

…….

그렇게 약간의 시간을 서로에게 사용하고 있었을 때, 마침내 어느 한쪽이 꼬리를 내리기 시작했다.

당연하지만 이 싸움의 승자는 새로운 도전자가 아니라 왕좌를 지키고 있었던 붉은 머리 광녀. 정하얀이 그녀의 말대로 천천히 고개를 숙이기 시작한 것이다.

'그래…… 그렇게 해.'

그래도 자존심은 있는지 묘한 각도로 시선을 피한다.

뭐가 그리 억울한지 눈에는 눈물이 그렁그렁 눈물이 맺혀 있었고 손은 부들부들 떨리고 있었다.

이제 막 세상이 자기 거라고 여기고 있었을 때 넘을 수 있다는 생각한 벽이 다시 한번 자기 앞을 막아내니 억울함의 눈물이 터져 나온 것 같았다.

"끄으으으윽……."

"처음부터 이랬으면 서로 불편할 일도 없잖아. 내가 처음 만났을 때 말했지."

"히끅……."

"뭐라고 했는지 잘 기억은 안 나는 데…… 살기 죽이는 법 좀 배우라고 했었나? 그럴 거야. 그렇지 자기? 오늘은 한 가지 더 가르쳐 줄게, 동생."

"히끅……."

"확신이 없으면 시도하지 마. 덤비지 말라고. 내 말 무슨 말인지 알아들어?"

그렇게 어깨를 툭툭 두드리는 것으로 상황은 종료됐다.

무척 짧은 시간이었지만 시간이 무척 많이 흐른 것 같다. 땀 때문에 상의가 축축해질 정도.

차희라는 별일 아니라는 듯이 정하얀의 머리를 쓰다듬었지만 도전자가 별것 아니라고 생각했다면 저렇게 과민반응하지 않았을 거라고 생각했다.

실제로 어느 정도 위협을 느꼈기 때문에 움직였다고 생각하는 게 맞다.

"자기도 여기에 와서 잘 좀 이야기해 봐. 뭐 위로도 좀 해주면 좋고, 말 좀 알아듣게 해놓으라고……."

"아…… 응. 누나."

"혹시 나중에 일 터질까 봐 먼저 선수 치는 건데, 다음에도 이런 일 있으면 나도 가만히 못 있어. 내가 무슨 말 하는지 알겠지?"

충분히 이해가 간다.

기싸움이라고 하기에는 조금 더 분위기가 무겁기는 했지만 이후에 정말로 다른 상황이 터지는 걸 고려하고 있음이 틀림없으리라.

차희라도 정하얀의 성정을 조금은 눈치채고 있고 그녀가 어느 정도까지 올라왔는지도 고려하고 있다.

'분명히.'

두 사람의 감정이 격해진다면 정말로 이쪽이 어떻게 손 쓸 수도 없는 상황이 펼쳐질 수도 있으리라.

'친해지길 바라, 라도 찍어야 하나.'

어떻게 생각해도 그건 무리라고 생각했다.

아무튼 간에 차희라는 기분이 더러워졌다는 말을 끝으로 먼저 마차 안으로 들어가 버렸고 정하얀은 이쪽의 눈치를 보며 혼나지는 않을까 걱정하고 있는 상황. 솔직히 말하면 자신은 죄가 없고 억울하다는 표정이 더욱더 눈에 들어온다.

살짝 손짓하니 우다다 달려들어 오는 것이 보였다.

계속해서 히끅히끅 딸꾹질을 해대고 있었지만 뭐라고 말을 해야 할지 조금 애매한 것 같았다. 직접적으로는 먼저 욕을 하거나 시비를 건 것도 아니고 조금 태도가 건방졌다는 것 이외에는 문제가 없다.

오히려 조금 과한 처사를 보인 것은 차희라. 물론 숨은 뜻을 생각해 보면 상황이 달라지기야 하겠지만 내 쪽에서도 어떻게 대처해야 할지 감을 잡기 힘들었다.

'일단 다그치기는 해야지.'

물론 내부적으로 불만이 쌓일 수도 있다는 걸 고려한 사항이다.

당장은 이번 여행에서, 아니, 이후로도 차희라와 마찰을 일으키는 것은 무조건 지양해야 한다.

혹시라도 내가 차희라를 더 소중히 생각하는 것은 아닌가 하는 생각을 심어주면 안 되기 때문에 당근과 채찍을 절묘하게 사용해야 되는 것은 당연지사.

박덕구와 쉬야가 마려운 것 같은 표정의 한소라를 먼저 안으로 들여보내고 정하얀과 마주하자, '나 지금 슬퍼요. 안아주면 안 될까요?' 같은 표정이 얼굴에 가득했다.

처음에는 일단 훈계, 안아주는 것은 그다음이다.

'김현성이 부럽다. 제기랄…….'

그쪽의 캣파이트는 이쪽에 비하면 귀여운 수준이다. 조혜진과 꼬맹이, 심지어는 박연주까지 하하호호 사이좋게 다니며 식사를 하거나 쇼핑을 다니는 걸 목격한 적도 있다.

장담컨대 나를 둘러싸고 있는 여편네들의 그런 모습은 꿈에서도 볼 수 없으리라.

'서로 통수를 쳤으면 쳤지…….'

사이좋게 지내는 모습 따위는 볼 수 없으리라. 고민이 길어지면 길어질수록 점점 더 김현성이 부러워진다.

'분명히 전생에 나라를 구했을 거야.'

아무래도 이쪽은 전생에 지은 죄가 많은 모양이다.

85장
중립국 라이오스

불안한 감이 있었지만 정하얀을 다그치는 것은 적절한 선에서 마무리되었다.

마음 같아서는 무슨 미친 짓을 하는 거냐고 화를 내고 싶었지만 그런 말을 할 수 있을 리가 만무했다.

조금씩, 조금씩 성질을 건드리려고 했던 정하얀이나 과민반응을 한 차희라. 잘못은 둘 모두가 가지고 있다고 생각했기 때문이다.

지나치게 차희라 쪽을 두둔하다가는 다른 문제가 생길 수도 있다.

일단은 태도를 지적한 뒤에 조금 더 존중하는 모습을 보이는 것 같다는 걸로 시동을 걸었고, 실제로 불편하지 않았다는 의견도 피력했다.

물론 그 와중에 나를 생각해 줘서 고맙다든가, 네 마음은 잘 알고 있다든가 하는 립 서비스를 날린 것은 당연한 일이다.

처음 불같이 다그칠 때는 닭똥 같은 눈물을 뚝뚝 떨어뜨렸지만 그 이후에 날아 들어온 당근에는 사르르 표정이 녹는 것을 볼 수 있었다.

본인의 생각대로 모든 게 진행되지는 않았지만 일단 마무리가 당근으로 끝났다는 것에 만족한 것이다.

'제길.'

여전히 본인이 생각하고 싶은 대로 생각하는 것 같은 느낌. 물론 엄중한 경고에 고개를 끄덕이기는 했지만 이 약발이 어느 정도까지 갈지는 의구심을 가질 수밖에 없었다.

채찍에 좌절하는 만큼 당근에 회복하는 속도도 무척이나 빠르다.

전에 일어난 일은 어떻게 생각해도 앞으로 일어날 재앙의 예고편이다. 왠지는 모르겠지만 자꾸만 그런 생각이 드는 것이 당연했다.

힘을 얻은 이후로 곧바로 차희라에게 이빨을 들이민 것을 보면 다른 이들에게는 더 달려들 것이 뻔하다.

부릉부릉 시동을 걸려고 하는 폭주기관차를 바로 옆에서 보는 것 같은 느낌. 이걸 가만히 내버려 둔다면 당장은 조용하더라도 언젠가는 사건이 터질 것이다.

애초에 마법이라는 것은 나 역시 제대로 이해하기 힘든 영역이다.

보통의 마법사만 해도 그러할진대 정하얀 정도 되는 마법사가 탄력을 받았을 때에 어떤 걸 할 수 있을지에 대해서는 상상하기 힘들다.

장담컨대 이쪽은 예상하지 못한 마법이 튀어나올 수도 있으리라.

'힘들기는 하지만…….'

그럼에도 정하얀은 이쪽에 무척 소중하다.

어떻게 보면 이건 등가교환이나 다름이 없다. 정하얀 정도의 마법사를 다루는 대가가 겨우 멘탈을 케어해 주는 정도라면 오히려 싸게 먹히는 장사라는 거다.

문제는 이상하게 위험해지는 것이었지만 미래를 생각해 보면 충분히 감내할 만하다.

물론 케어해 줘야 하는 사람이 그녀뿐만은 아니다.

하지만 차희라는 정하얀보다 훨씬 더 케어하기 쉽다.

내가 아는 사람들 중에서는 그나마 말이 통하는 이들 중 하나. 최소한 미치기는 전까지는 말이다.

내 입장에서는 두 사람이 아무런 마찰 없이 그대로 있어주는 것이 가장 베스트지만 사람 일이라는 게 그렇게 쉽게 풀리는 것이 아니다. 같은 마차 안에 들어선 와중에도 묘한 공기가 흐르기 시작한 것.

물론 정하얀이 차희라에게 어떤 시비를 거는 것은 아니었지만 두 사람 사이에 이상한 분위기가 형성되어 있다는 건 그 누구라도 느낄 수 있었을 것이다.

연애 박사 박덕구나 정하얀. 위험 감지에 특화된 한소라 역시 예외는 아니었다.

"그러니까 최근에 하얀이 누님이 조금 날이 선 것 같은 느낌이었다니까!"

"아…… 그래."

"아암. 내가 몇 번이나 말해왔던 거 아니요. 그동안 거 바빠서 제대로 뭘 할 시간도 없었는데 여리고 여린 누님이라도 스트레스를 받는 게 당연하지!"

"……."

"내가 볼 때는 분명히 리프레시가 필요한 시기가 온 것 같은 느낌이요. 사실 그 용병 누님도 조금 날이 선 반응을 보이기는 했지만 말마따나 하얀이 누님 눈빛이 조금 살벌했던 거 아니요. 거 딱 뭐라고 정의하기는 힘든데…… 솔직히 나도 조금 무서웠다니까. 조금 미안한 소리기는 한데 그냥 자리를 피해버리고 싶더라니까."

슬그머니 한소라 쪽으로 시선을 돌리자 괜스레 몸을 바들 바들 떨어오는 게 시야에 비친다.

"연애 박사 박덕구의 눈으로 본 게 확실하니 믿어도 문제없소. 솔직히 형님이랑 하얀이 누님이랑 거! 잘 지내고 있는 거 같기는 하지만 진도도 너무 느리기도 하고 또 형님이 워낙 인기가 좋다 보니 여기저기에서 다른 여자 분들이 막 이렇게! 요렇게! 달라붙는 거 아니요. 큼큼. 아무리 여기 대륙의 연애관이 자유롭다고는 하지만 누님 같이 여리고 개미 한 마리 못 죽이는 사람들은 이런 일에 지나치게 스트레스 받는 법이지. 아암 그렇고말고! 그렇지 않나?"

"네…… 물론이죠……."

개미 한 마리도 못 죽이는 건 도대체 어디서 나온 정보인 건지 궁금했지만 박덕구의 말에 태클을 걸 기력이 남아 있지는 않았다.

정하얀의 최대 피해자인 한소라 역시 무슨 개소리를 하냐는 듯 박덕구를 바라보고 있었지만 사회생활을 위해서인지 일단은 고개를 끄덕인다.

다만 입술을 꽉 다물고 혹시라도 닥쳐올 실제 상황에 대비하고 있는 것처럼 보였다.

"언제 한번 둘이 여행이라도 다녀오는 게 좋은 거 아니요. 거, 그 나보트 남작인가 뭐시긴가 하는 사람 영지, 아니, 이제는 나보트 의원이지! 거기에 거울 호수 같은 게 있다고 하지 않았나? 그쪽으로 언제 놀러나 가서 뱃놀이도 즐기고 천천히 저녁도 먹고 어쩔 수 없이 마차가 끊기는 게 최고일 거 같은데……."

"거울 호수 보러 가려면 여기서 한참을 돌아서 가야 돼. 그리고 마차가 끊길 일이 뭐가 있어. 그리폰이 있는데."

"당연히 그런 건 다 핑계 아니요? 원래 다 그런 거요. 큼큼. 내가 뭐라고 딱히…… 말은 못 하는데 다 그런 거 아니요."

"언젠가는 놀러 갈 수도 있겠지만……."

"지금은 아니다. 이 말이요?"

"휴식은 라이오스에서 취하면 될 거야. 그쪽에서도 제법 신경 써주고 있을 테고. 물론 그 이후에는 정신없이 움직여야겠지만 그래도 쉴 수 있다는 게 어디야. 아무튼 네 말대로 하얀이랑 같이 외출이라도 해야겠네."

심지어는 카스가노 유노의 라이오스행 역시 예정되어 있다.

검은 백조에 있는 이지혜를 제외하면 그나마 이쪽과 많이 연관되어 있는 이들이 모두 모이는 셈이다.

유노와는 한 번 사건이 있었던 만큼 찔리는 부분이 있는 것은 굳이 설명할 필요도 없다.

'슈바…….'

당시에 아무 일도 없었다고 어물쩡 넘어간 것은 물론, 오히려 역지사지로 화를 내며 위기를 모면하기는 했지만 꿍쳐두고 있는 게 많은 정하얀이 그 사건을 마음속에 담아두지 않았을 리가 없다.

차희라에게도 이빨을 드러낸 만큼 카스가노 유노에게 그러지 않으리란 보장은 없었다.

'걔는 차희라랑은 또 다른데……'

제국 8좌에 오를 만큼 강하기는 하지만 카스가노 유노는 어디까지나 지원형. 전투력을 매겨 보자면 카스가노 유노는 정하얀을 감당할 수 없다.

'신단 때처럼 미친 짓을 하지는 않을 거야.'

정하얀 회귀 사건 이후로 그런 미친 생각을 아직까지 하고 있을 리는 없다.

그렇지만 혹시라도 무슨 일이 생길 수도 있는 만큼 박덕구의 말처럼 둘 만의 시간을 많이 가지는 것도 고려해 볼 만한 일이리라.

곰곰이 생각에 빠져 있는 사이에 박덕구가 다시 한번 입을 열었다. 아직까지 주제가 바뀌지 않은 것을 보니 녀석도 이 사건을 꽤 민감하게 받아들인 것 같았다.

물론 나와 같은 걱정을 하는 것 같지는 않았지만 말이다.

"그건 그렇고…… 그래서 그 용병 누님이랑 하얀이 누님은 어쩔 거요? 나는 솔직히 무조건 하얀이 누님 편이기는 하지만…… 그래도 영 분위기가 불편한 거 아니요. 원래 대놓고 싸우는 것보다 저런 분위기가 더 무서운 거요. 차라리 자리를 한 번 만들어 보는 게 나을 것 같은데…….”

‘그건 자살 희망자들이나 하는 생각일 거야.’

“안 그래도 요즘에 대륙에서 요런 문제가 많다고 들었다니까? 다들 일처다부, 일부다처 하다 보니까 당연히 이런 기싸움 같은 게 펼쳐지는 거 아니요. 거, 예전에 같이 술자리 함께했던 친구가 한 명 있는데 그 친구도 마누라를 두 명이나 두고 있다고 들었소.”

“아. 누구?”

“아마 형님도 알고 있을 텐데…… 갈오식이라고”

“당연히 알고 있지. 그 친구 제법 쓸 만하던데……. 어떻게 연이 닿았어?”

안 그래도 끈을 만들어놓으려고 했던 놈이었다. 덕구 녀석과 친분이 있는 걸 보니 굳이 이쪽까지 나설 필요는 없는 모양이다.

“당연히 연애 상담이지! 좌우지간 뭐 본인이 클랜도 운영하고 있고 능력도 있으니까 어쩌다 보니 그렇게 된 모양인 것 같은데 문제는 이 두 명 사이가 너무 안 좋다는 거 아니요. 서로 눈만 마주치면 노려보는 건 예사에 매번 막 뒷담화하고 언성 높이고, 싸우고 그러다 보니까 그 친구가 가운데 끼어서 엄청 고생하고 있더라니까?”

'그게 무슨 고생이야……. 그 정도면 양호한 거지.'

겨우 그 정도였다면 나 역시 그냥 웃어넘길 수 있었을 것이다.

내 마음을 아는지 모르는지 박덕구는 녀석을 예로 들며 입을 열기 시작했다. 너무나도 장황하고 긴 이야기라 솔직히 귀에 잘 들어오지 않았다.

"큼…… 거 뭐, 대충 이렇게 됐다는 거요. 형님도 이럴 때일수록 정신 똑바로 차려야 된다니까? 가운데 끼어 있는 사람이 어찌어찌 팍팍 잘 조율해서 균형을 맞추는 게 좋은 거요. 힘의 균형은 유지되어야 한다는 유명한 격언도 있지 않소."

"들어본 적 없는데."

"뭐 어쨌든 간에 이런 부분에서 형님의 역할이 그 누구보다 중요하다는 건 두말하면 잔소리요. 뭐가 됐든 한번 자리를 만들고 둘을 친하게 만드는 게 모두가 고생하지 않는 방법이라니까? 물론 그전에 하얀이 누님을 먼저 챙기는 게 중요하지만. 기왕 형님이 여러 사람이랑 연을 맺을 거라면 지금부터라도 조금씩 관계를 개선하는 게 맞지. 장담컨대 만약 그렇게 되지 않으면 정말로 위험해질 거요."

생각하지 않고 말한 것일 테지만 위험해질 거라는 말은 좀 더 진중하게 다가온다.

박덕구의 말이 백번 맞다.

'어떻게든 해야 돼.'

계속해서 이런 상황을 만들면 정말로 좋은 보트 위에 올라서게 되는 경험을 하게 될 수도 있다.

김예리와 안기모라도 불러서 다시 한번 연기라도 하고 싶은 심정이었지만 이 마차와 라이오스에 그들은 없다.

'거의 다 왔나.'

그러고 보니 이렇게 마차에 탄 지도 꽤나 오래된 느낌.

박덕구, 한소라와의 대화 도중에 슬쩍 마차 밖을 바라보니 제법 빠른 속도로 배경이 지나가는 걸 확인할 수 있었다.

때려 맞췄을 뿐이었지만 교국과는 다르게 이국적인 풍경이 많이 눈에 띈다.

'중립국.'

대륙 내에서 유일하게 중립국을 표방하고 있는 국가. 교국이나 공화국처럼 강한 국력을 가지고 있지는 않았지만 수많은 가능성을 가지고 있다고 생각한 국가 중에 하나다.

남부에 자리한 만큼 따뜻하고 음식들 역시 다양한 것은 물론, 바다에 인접하고 있으니 교국과 공화국의 이방인들이 자주 찾는 휴양지 겸 여행지다.

이곳에 온 목적 자체가 애초에 휴식이나 정하얀 케어와는 거리가 멀긴 했지만 박덕구의 말대로 뭔가 조치를 취하는 게 맞다.

"풍경 한번 죽이네……. 그렇지 않소, 형님? 소라도 이런 풍경은 처음 아닌가?"

"네. 당연히 처음이긴 한데……."

"아무튼 형님, 이건 기회요. 원래 이런 장소가 사람들을 더 개방적으로 만드는 장소 아니요! 분명히 누님도 뭔가 마음의 준비를 하고 있을 거요."

무슨 마음의 준비인지는 조금 더 알아봐야겠지만 기왕이면 마음의 준비 같은 건 하지 않았으면 싶었다.

물론 모든 건 내 희망 사항이다.

계속해서 달리던 마차가 어느덧 자리에 우뚝 멈췄고 마차의 문이 열리며 조금 앳된 느낌의 목소리가 들려왔다.

"라이오스에 오신 것을 환영합니다, 이기영 명예 추기경님, 린델의 용병여왕님."

중립국에 도착한 것이다.

마차 안에서 내리자 아름다운 갈색 피부를 가지고 있는 사람들을 볼 수 있었다. 확실히 다른 지역에 왔다는 걸 실감할 수 있었다.

전형적인 백인의 모습을 하고 있는 교국민들과는 생김새부터가 다르다. 굳이 지구에 있는 인종과 비교하자면 남미 사람들을 보는 것 같다.

건강하고 탄력 있는 피부와 윤기 있는 흑발의 머리카락이 눈에 띈다.

무엇보다 재미있었던 것은 그들의 복장 양식이었는데 전형적인 중세시대를 연상케 하는 교국과는 다르게 다들 가벼운 복장을 하고 있었다.

'그야 더우니까.'

남쪽으로 많이 내려와서 그런지 날씨가 상당히 덥다.

당장 나 역시도 이 갑갑한 옷을 던져 버리고 싶을 정도.

온도 조절 마법이 계속해서 돌아가고 있는 마차 안은 그나마 괜찮았지만 본격적으로 밖으로 나오자 힘들기는 하다.

'아…… 멍청하게.'

한 가지 간과하고 있었던 것은 이쪽을 둘러싸고 있는 라이오스의 인사들의 복장.

'별일 없겠지.'

다들 지나치게 프리한 복장을 하고 있는 것이 문제다. 이 장소에서는 이게 일반적인 복장이겠지만 솔직히 어디로 눈을 둬야 할지 고민해 봐야 할 정도로 시선 처리가 어렵다.

무희들이 입는 옷들처럼 남녀 가릴 것 없이 자신들의 탄탄한 몸을 과시하고 있으니 자연스레 정하얀이 신경 쓰인다.

마차 안에서 마법 수련에 열중하고 있었던 정하얀은 역시나 밖으로 나오자마자 인상을 살짝 찌푸렸다.

'내가 조심하면 돼.'

멍청하게 열심히 눈을 굴리지만 않는다면 별다른 사고가 생기지는 않으리라.

안 그래도 오기 전에 한바탕 꾸중을 들었으니 정하연도 모난 짓은 하지 않을 것이다.

아무튼 간에 저쪽에서 인사를 건네 왔으니 이쪽에서도 인사를 하는 것이 맞다.

이국적인 풍경에 시선을 빼앗긴 사이 차희라는 인사를 끝냈기 때문에 나 역시 한발 다가갔다.

'15살, 16살?'

눈에 보이는 것은 중학생 정도로 보이는 꼬맹이. 다른 이들처럼 갈색의 피부를 가지고 있었는데 윤기 있는 흑발을 땋은 머리 위에 올려져 있는 독특한 양식의 장식이 눈에 띄었다.

제법 당당한 표정이었지만 일단은 정중하게 인사를 건네는 모습이 시야에 비쳤다.

이마에 있는 붉은 다이아몬드의 문양을 톡톡 건드리는 것은 라이오스의 오랜 관습이라고 출발 전 들었다.

어색하기는 했지만 나 역시 저런 방식으로 인사를 하는 것도 나쁘지 않다고 생각했다. 이마에는 아무것도 찍혀 있지 않지만 최대한 라이오스의 문화를 존중한다는 걸 내비쳐야 했으니 당연한 행동이다.

눈앞에 있는 이가 보통 꼬맹이였다면 아마 고개만 숙이는 것으로 인사를 마무리 했겠지만…….

'라이오스의 27대 국왕 프리스티나.'

밖을 하도 싸돌아다닌 탓에 탄 것처럼 보이는 꼬맹이의 정체가 국왕이라는 걸 생각해 보면 평범한 꼬마 대하듯 대할 수 있을 리가 없다.

"다시 한번 인사드립니다. 중립국 라이오스의 프리스티나라고 합니다."

"이야기는 많이 전해 들었습니다, 프리스티나 님. 만나 뵙게 되어 정말로 영광입니다. 직접 나오실 거라고는 생각하지 못했는데 지나친 환대에 몸 둘 바를 모르겠군요."

"아닙니다, 명예 추기경님. 저야말로 교국의 중요 인사이신 명예 추기경님을 뵐 수 있어 영광입니다."

"조금 더 편하게 대해주셔도 됩니다."

"아닙니다. 그럴 수는 없지요. 중요한 손님이니까요. 우선 안으로 모시는 게 좋겠군요."

"감사합니다."

'쉽지 않겠는데.'

잠깐 인사를 나누었을 뿐이다. 그렇지만 이 대화에서 내가 얻을 수 있는 걸 얻기 힘들 거라는 걸 확신할 수 있었다.

'가드가 단단하네.'

저쪽에서도 우리가 어째서 이런 먼 곳 방문했는지 아주 잘 알고 있다.

이 사절단의 목적은 어디까지나 라이오스와의 동맹. 묘하게 중립국이라는 단어에 힘을 줘서 말하는 것과 이쪽을 편하게 대할 수는 없다는 태도에서 절대로 이쪽의 일에 휘말리지 않겠다는 의지가 느껴진다.

'얘네 입장에서는 그렇겠지.'

본래 중립이라는 것도 자신들의 나라를 지킬 힘이 있을 때나 가능한 이야기다.

하지만 신성민주교국과 공화국의 남부지역에 끼어 있는 이 작은 나라는 두 국가와 비교했을 때 상대적으로 유약하다. 네임드 강자의 숫자나 병력의 질, 심지어는 이방인들 역시 수준이 떨어진다.

그럼에도 불구하고 라이오스가 중립국의 위치에 설 수 있게 된 것은 아이러니하게도 교국과 공화국 사이에 끼어 있는 상황 때문이다. 과거부터 매일 같이 치고받고 있었던 두 국가 사이에 줄타기를 하다 보니 이런 상황이 펼쳐진 것이다.

어떻게 생각하면 라이오스는 두 국가 사이의 전략적 요충지다. 바다로 건너갈 수 있는 길이 있다는 것도 그렇고 라이오스를 통해 곧바로 상대 국가로 넘어갈 수 있다는 것도 그랬다.

공화국의 입장에서는 만약 라이오스가 제국과 손을 잡는다면 본인들이 밀릴 수도 있다고 생각했고 제국의 입장에서도 그건 마찬가지였다.

실제로 제국과 공화국은 라이오스라는 나라를 쪼개버리는 방법도 고려한 적도 있었으니 라이오스는 두 나라 사이에서 원치 않은 고통을 받아왔던 셈이다.

약간의 변화가 생긴 것은 2차 대륙 전쟁 이후, 제국과 공화국이 전쟁으로 인해 서로 공멸할 수도 있는 상황까지 치달았고 어쩔 수 없는 휴전을 선택할 수밖에 없었던 시기였다.

라이오스는 공화국이나 제국 어느 쪽도 선택하지 않을 거라는 완전중립을 선언했고 제국과 공화국은 이를 받아들이고 존중했다.

당시의 공화국과 제국이 어째서 라이오스의 중립선언을 받아들였는지는 모르겠지만, 아마 여러 가지 정치적 이유가 맞물려 있을 거라고 생각할 수밖에 없었다.

혹시나 라이오스가 상대 진영 쪽에 힘을 실어주는 것은 아닌가에 대해 걱정했기 때문일 수도 있고 어쩌면 당시의 지도자들끼리 휴전 협정과 함께 다른 뒷이야기가 나왔을지도 모른다.

뭐가 됐든 알 수 없지만 한 가지 확실한 것은 라이오스의 지도자들은 하나같이 현명했다는 것. 정치적 수완 역시 보통이 아니고 줄 타는 실력 역시 보통이 아니라 확신할 수 있었다.

'대단한 거야.'

열강들 사이에서 등 터져 가면서 자주권을 유지한다는 것은 결코 쉬운 게 아니다.

교국이나 공화국만큼은 아니지만 그들 역시 힘을 가지고 있다.

이곳에 있는 이방인들이 무슨 생각을 하는지는 알 수 없지만 아마 라이오스를 살아가는 국민들은 나라에 대한 자부심이 엄청나리라.

슬쩍 뒤를 돌아보니 정하얀은 박덕구와 이야기를 나누며 천천히 뒤를 따라오고 있었고 한소라는 나름대로의 안전거리를 유지하고 있었다.

'당장은 안심해도 되겠네.'

심기가 불편한 듯 사방을 경계하고 있기는 했지만 당장 터질 것 같은 표정은 아니다. 내일이나 내일 모래 즈음부터 함께 놀러가자는 이야기를 넌지시 꺼낸다면 당장 기분이 풀려 싱글벙글 웃고 다니리라.

그런 그녀와는 별개로 이번 사절대의 주요 인원인 나와 차희라는 프리스티나와 함께 길을 걷고 있는 중. 굳이 마차를 이용하지 않고 길을 걷고 있는 게 특이하기는 했지만 이 꼬맹이의 의도가 무엇인지는 대충 알 것 같은 느낌이 들었다.

'좋은 곳이네.'

기본적으로 사람들의 얼굴에 웃음꽃이 피어 있다.

생활수준 자체는 그리 높은 것 같지는 않았지만 저들이 행복해하는 걸 알 수 있다. 대륙도 지구처럼 국민행복지수를 조사하는지는 모르겠지만, 아마 평가를 내린다면 이 나라는 틀림없이 상위권에 랭크될 것이다.

프리스티나를 향해 환호를 보내고 있는 백성들과 그들의 인사에 하나하나 화답해 주고 있는 것만 봐도 답이 나온다.

도시 사람들의 얼굴에는 활기가 넘치고 그들에게 동화된 관광객들의 모습은 어색하지 않다.

다완 쪽에서 휴양 온 이들, 교국의 복장 양식과는 조금 다른 복장을 하고 있는 이들은 아마도 공화국민일 터. 묘한 긴장감이 없는 것은 아니었지만 대륙법상 분쟁지역으로 분류되지 않은 이곳에서의 마찰을 피하려고 하는 것이 눈에 보인다.

'이런 곳이 다 있네.'

봐도 봐도 익숙해지지 않은 그림이 내 눈 앞에서 펼쳐지고 있었다.

머리에 잔뜩 뭔가를 올린 꼬맹이가 다시 한번 입을 연 것은 바로 그때였다.

"두 분께서 이곳을 찾아주신 것은 처음이라 알고 있습니다."

"네."

"네. 맞습니다."

"두 분이 저희 라이오스를 어떻게 보시는지 궁금하군요."

무슨 대답을 원하는지 뻔하다. 그리고 무슨 말을 해올지 역시 예상이 된다.

그렇지만 너무나도 정론이라 딱히 반박하기 어려울 것 같은 느낌이 벌써부터 든다.

차희라는 슬그머니 내 쪽으로 대답을 패스했고 나는 털릴 거라는 걸 알면서도 입을 열 수밖에 없었다.

"좋습니다. 사람들의 얼굴에는 생기가 돌고 모두가 자신의 삶에 만족하며 살아가고 있는 것 같습니다. 어떻게 보면 이상적이라는 생각이 들 정도입니다."

"그렇게 봐주시니 정말로 감사합니다. 교국민들의 이상을 위해 함께 싸워주신 이기영 명예 추기경님께서 그런 말을 해주시니 괜스레 기분이 좋군요."

살짝 웃으며 다시 한번 말을 걸어온다.

"이기영 명예 추기경님이 보시는 것과 같습니다. 물론 이 나라 역시 몇몇 문제를 떠안고 있습니다만 저는 선대 국왕들께서 이룩하신 것들을 자랑스러워하는 것은 물론, 지키고 싶습니다."

이럴 줄 알았다.

"두 열강들 사이에서 매번 고통받던 나라를 여기까지 끌고 오는 데 정말로 많은 시간이 흘렀습니다. 1차 대륙 전쟁과 2차 대륙 전쟁. 그 외에도 수많은 소규모 전쟁들과 대기근, 외부세력의 침략으로부터 저희 라이오스의 이상과 자주성을 지키기 위해서도 많은 피가 흘렀습니다. 물론 저희 라이오스를 중요하게 생각해 주시는 교국과 공화국의 인사들에게는 감사하지만…… 솔직히 심정을 이야기하자면 과한 관심이 부담스럽기도 합니다."

"이해할 수 있습니다."

"아마 이기영 명예 추기경님께서 이곳을 찾으신 이유도 그건 때문이시겠지요. 먼저 이야기를 꺼내시기 전에 완곡한 거절의 말씀을 드려 죄송합니다만 이전처럼 저희 라이오스는 어느 쪽에 설 생각이 없습니다. 물론 공화국 쪽에도 똑같은 말을 전했으니 교국과 공화국의 지도자분들이 걱정하실 필요는 없을 겁니다."

이를 테면 다시 한번 개고생을 하고 싶지 않다는 거다.

공화국이나 교국 중, 어느 곳 한쪽으로 무게 추가 흔들린다면 지금까지 이루어놨던 모든 걸 다 잃을 수 있는 상황이다.

'공감할 수 있지. 있고말고.'

마치 정하얀과 차희라라는 두 열강을 사이에 둔 이기영을 보는 듯한 느낌. 이쪽이나 저쪽이나 곧 죽어도 중립국을 외쳐야 되는 상황이다.

단언컨대 지금의 나는 소설, 〈광장〉의 주인공보다도 더 큰 목소리로 중립국을 외칠 준비가 되어 있다.

정리해 보자면 이쪽은 중립을 유지해야 되지만 라이오스가 중립을 지키는 걸 두고 볼 수는 없는 상황이라는 거다.

'쓰레기 같은데.'

전형적인 내로남불의 정석이라고 생각할 수밖에 없었다.

"딱히 그 문제 때문에 방문한 것은 아닙니다, 프리스티나 님. 다른 문제에 대해서도 차차 말씀을 드리겠지만 너무 성급하게……."

"그렇군요. 명예 추기경님의 말씀이 맞습니다. 제가 조금 성급했지요. 하지만…… 조금 더 저희의 뜻을 명확하게 전달하기 위한 방법이었다고 생각해 주셨으면 좋겠습니다. 물론 여러분들을 환영하지 않는 것은 아닙니다. 저희 라이오스는 항상 이곳을 찾아주시는 분들께 감사드리고 환영할 준비가 되어 있습니다. 물론 이곳을 찾아주신 여러분 사절단을 환영해 드리는 것도 저희가 할 일 중에 하나이고요."

"감사합니다."

"멀리서 온 친구에게 감사를 표하는 것은 이곳의 오랜 관습이며 자랑입니다."

"아아……."

"피곤하실 테니 들어가는 즉시 방을 안내해 드리도록 하겠습니다. 아! 그러고 보니 라이오스가 처음이라고 하셨지요. 제 입으로 말하기는 부끄럽지만 연인들이 즐길 것이 많습니다. 들리는 소문으로는 차희라 님과 이기영 님이 이방인들의 대륙에서부터 좋은 인연을 만들었다 들었는데…… 천천히 둘러보시는 것도 나쁘지 않으실 겁니다."

"배려에 감사드립니다."

인사를 한 것은 차희라였다.

그녀는 당장 기분이 좋은 것 같았지만 나는 왠지 모르게 뒤를 돌아보기가 두려워진다. 나와 마찬가지로 녀석 역시 이쪽의 중립을 박살 내려고 하는 것인지는 모르겠지만 방금의 각도기는 상당히 날카로웠다.

"이렇게 보니 두 분이 참으로 잘 어울리는 것 같습니다."

점점 뒤쪽의 온도가 내려가고 등줄기가 서늘해지는 것이 느껴진다.

'얘 지금 일부로 이러는 거 아니지?'

날아 들어온 연타에 조금은 의심스러운 표정을 보낼 수밖에 없었다.

"사랑을 속삭이면 평생을 함께한다는 바위가 있는데 라이오스를 찾으시는 많은 분들이 함께 찾으시곤 합니다. 내일이라도 시간이 나시면 두 분이……."

'그만해.'

악의가 없다는 건 알고 있었지만 당장에라도 입을 틀어막고 싶은 심정이었다.

볼을 가득 부풀리고 있는 정하얀의 얼굴이 눈에서 사라지지 않고 있었으니까.

날카롭게 치고 들어오는 공격은 불안했지만 라이오스는 내가 생각했던 것보다 더 평화롭고 살기 좋은 곳이었다. 사절단 방문을 축하하는 연회가 벌어지는 내내 그런 생각을 했다.

이국적인 풍경 때문인지, 특유의 국민성 때문인지는 모르겠지만 어째서 많은 이들이 라이오스를 찾는지 알 수 있을 것 같았다.

이들은 다툼을 싫어하고 조화나 융화를 중요시한다. 대부분의 국민들이 자신을 다스리고 절제하는 것을 최고의 가치로 삼고 있었고, 그중에서도 특이한 몇몇 행동은 지구의 불교를 생각나게 했다.

실제로 교국과는 다르게 라이오스에서 눈에 띄는 직업은 수도사와 고행자. 사제 직군으로 분류할 수 있는 이들은 교국이 보유하고 있는 신성기사단과는 그 본질부터가 다르다.

성기사가 추구하는 것이 신에 대한 믿음이라면 이들이 추구하는 것은 정신의 수양.

어떻게 보면 종교 문제로 마찰이 일어날 수도 있을 것 같았지만 딱히 그렇지도 않다. 라이오스 국민들이 베니고어 여신의 우방이라 분류할 수 있는 마하마라 여신을 믿고 있기 때문이리라.

마하마라 여신의 교리는 자신에 대한 믿음이 아니라 신도들의 수양과 행복. 이들이 이런 국민성을 가지게 된 배경에는 그들이 모시고 있는 신의 교리가 바탕에 깔려 있다고 확신할 수 있었다.

'좋은 곳이야.'

그렇다 보니 전체적으로 나라 자체가 소박하고 사치가 없다.

하지만 교국의 손님들을 함부로 대할 수 있을 리가 만무. 이들의 입장에서는 제법 성대하다고 생각할 수 있는 성대한 연회를 선물로 받았다는 것은 굳이 말할 필요도 없으리라.

혹시나 사절단에게 실수를 하지 않을까 하는 생각을 하고 있는 것이 틀림없다.

교국은 엄연히 대국이다. 시민혁명을 겪은 이후에도 여전히 교국은 대륙 정세의 중심에 서 있다. 교국을 대표하는 우리 사절단에게 실수하면 안 된다는 생각을 하는 게 뻔하다는 거다.

그동안 많은 자리에 불려 나가기는 했지만 이토록 편하게 접대를 받는 것은 처음. 무희의 춤은 아름다웠고 그들의 문화와 음악 역시 보고 듣기에 좋다.

정말로 오랜만에 휴식다운 휴식을 취한 느낌이었으니 끝나갈 때 즈음에는 거나하게 술에 취한 것은 두말할 필요도 없으리라.

"연회는 어떠셨습니까."

"즐겁고 과분한 시간이었습니다. 분에 넘치는 환대를 해주시니 어떻게 감사를 표현해야 할지 모르겠습니다."

"만족스러우셨다니 다행이군요. 음식과 술이 입에 맞으실까 걱정했었는데…… 조금 안심이 됩니다. 머무시는 동안에는 사용하실 수 있는 별채를 마련해놓았습니다. 붉은 용병 분들과 파란 분들이 따로 사용하실 수 있게 했으니 함께 오신 사절단 분들과 묵으시면서 내일부터라도 천천히 라이오스를 둘러보셨으면 합니다."

"배려에 감사드립니다. 프리스티나 님."

'대우가 좋긴 좋네.'

아까부터 느끼기야 했지만 어떻게 해야 이쪽이 기분 좋을 수 있을지 알고 있는 듯하다.

그렇다고 마냥 비굴하게 굽실거리는 것도 아니다.

이미 프리스티나는 이쪽과 함께하자는 제안에 완곡한 거절의 뜻을 밝혔으니 이 연회는 사과의 표현도 겸하고 있는 것이리라.

이미 날이 많이 어두워진 상황이라 이만 잠을 청해야 하는 것은 당연지사. 살짝 몸을 일으키자 몰려 있던 취기가 한꺼번에 몰려온 것 같은 느낌이 들었다.

'생각보다 술이 독하나.'

달콤한 술이라고 생각해 무작정 들이키다 보니 이런 상황이 펼쳐진 것이리라.

안 그래도 오랜 여행 때문에 몸이 피곤한 상황. 이쪽이 힘들어 하고 있다는 걸 대충 눈치챘는지 아무 말 없이 다가온 박덕구가 슬그머니 중심을 잡아줬다.

정하얀 역시 혹시나 뺏길까 싶어 이쪽의 팔을 잡았고 그 사이에 차희라가 이쪽의 바톤을 넘겨받았다.

직접 꼬맹이를 상대하기 시작한 것이다.

슬그머니 손을 휘휘 젓는 것을 보니 빨리 들어가 보라는 뜻이다.

박덕구는 고개를 끄덕였고 이쪽은 대충 인사를 한 뒤에 연회장을 나올 수 있었다.

'엄청 피곤한데…….'

박덕구와 정하얀은 비교적 괜찮아 보인다.

아무래도 스탯 차이가 있다 보니 이쪽이 조금 더 빨리 취하는 것 같았다.

심지어는 한소라도 나처럼 피곤해 보이지는 않은 것 같아 괜스레 낮은 체력이 서러워졌다.

"허이구. 거, 너무 달린 거 아니요? 이렇게까지 취한 건 본 적 없는 것 같은데."

"글쎄다. 오늘따라 유난히 피곤하네."

"형님 마음도 조금은 이해가 되긴 되오. 오랜만에 기분 좋은 자리였으니까. 사람들도 전부 다 좋아 보이고 말이요."

"뭐 그렇지."

"아무튼 간에 오늘은 푹 쉬고 내일부터 누님이랑 같이 여기저기 좀 돌아다녀 보쇼. 거 듣자 하니 여기저기에 신기하고 볼거리가 많은 모양이오."

"그래?"

"뭐, 진실의 동굴이라는 것도 있다는데 몇백 년 전에 발견된 여신의 유산이라고 말이 많았다니까. 나는 뭐가 뭔지 잘 모르겠지만 대륙법으로 지정된 문화유산이나 보호물들이 여기저기에 몰려 있는 모양이오. 라이오스에서는 멸종 위기에 놓인 몬스터들을 사냥 금지하는 법도 있다고 하니 이런 것들이 잘 보존되어 있지 않겠소?"

"엄밀히 말하면 교국도 베니고어 여신에 관련되어 있는 것들은 엄중히 관리하기는 해."

"아 교국도 그런 게 있소?"

"응."

"아무튼 간에 생각했던 것보다 훨씬 좋은 장소 같다니까."

"응."

'피곤해 뒈지겠네.'

옆에서 자꾸만 정하얀이 건네는 술을 거절하지 않은 부작용이리라.

정하얀은 이쪽이 걱정되는지 팔을 붙잡고 영차영차 발걸음을 옮기고 있었지만 사실상 둘 다 박덕구에게 끌려가는 것이나 다름없다.

출발한 지 얼마 되지 않아 시야에 비친 것은 커다란 별채.

여기저기에 이국적인 양식이 드러나 있는 것은 여전했지만 별채의 안쪽은 교국의 그것과 유사했다.

아마 교국의 사절단이 올 때마다 사용했던 장소가 틀림없으리라.

"여, 여기서부터는 제가 할게요."

"어엉?"

"제가 침실까지 부축해 드릴 수 있어요."

"그러면 그렇게 하면 되겠네!"

"네. 그, 그럼 그렇게 해요."

박덕구는 잘됐다는 듯 이쪽을 향해 엄지손가락을 치켜들기는 했지만 아쉽게도 뭔가를 할 여력이 없다.

당장에라도 졸음이 쏟아질 것 같았으니까.

벌써부터 비몽사몽한 느낌이 들었기 때문에 사실 정상적인 사고를 하기도 힘들다.

'씻을 필요는 없어서 다행이다.'

마법은 이럴 때 상당히 유효하다.

넓은 방으로 들어온 이후에는 그대로 침대로 너부러진 것은 당연지사.

정하얀이 '씻, 씻겨드릴까요?'라고 말해 개미만 한 목소리로 긍정의 신호를 보냈다.

물론 조금씩, 조금씩 수마로 빠져드는 와중에도 라이오스를 어떻게 해야 할지 고민했다. 아직까지는 그렇게 급한 상황이라고 할 수는 없지만 현재 교국은 믿을 수 있는 동맹국이 필요하다.

매일 으르렁거리는 공화국은 애초에 논외. 왕국 연합 같은 경우에는 이쪽을 경계하다 못해 칼을 들이밀 준비를 하고 있었으니 비빌 수 있는 구석이 있는 곳은 라이오스나 이종족들이 끝이다.

계속해서 중립을 외치고 있는 이들에게 어떻게 접근해야 좋을지에 대해서 생각하기 시작했지만 마땅히 답을 찾을 수 없는 것이 문제다.

꼬투리를 잡아서 질질 끌거나 공화국과의 관계를 악화시키는 것도 나쁘지 않을 것 같지만…….

'너무 급하게 다가가는 건 안 좋아. 시간을 조금 두고 지켜보자.'

겉으로는 잘 대해주고 있지만 이들은 이미 우리를 충분히 경계하고 있다.

모르긴 몰라도 공화국의 인사들과도 어느 정도 거리를 유지하고 있으리라.

'머리 아파…….'

편안하게 쉴 수 있음에도 불구하고 계속해서 이런 생각이 드는 것을 보면 확실히 일중독이 맞다.

국왕 꼬맹이의 말대로 내일이라도 아무 생각 없이 푹 쉬었으면 좋을 것 같은 느낌. 그 생각을 끝으로 나는 눈을 감았고 햇빛이 얼굴에 쏟아지는 감각과 동시에 침대에서 벌떡 일어날 수 있었다.

벌써 아침이 찾아온 것이다.

"아으……. 머리야."

"오빠, 일어나셨어요?"

"아, 하얀아. 지금 몇 시지?"

목소리가 들려온 쪽으로 고개를 돌리자 문 쪽에서 커다란 그릇을 든 채로 서성거리는 정하얀이 시야에 비친다.

"지금 세 시예요."

"세 시?"

"네. 지, 지금쯤 일어나실 것 같아서 따뜻한 스튜를 조금 가져왔어요. 제가 직접 만든 거요! 마침 딱 맞게 일어나셨네요."

"시간이 벌써 그렇게 됐어?"

"네."

"몇 시간밖에 안 잔 거 같은데…… 왜 이렇게 몸이 피곤하지?"

"어, 어어…… 어제 무리하셨으니까요."

그 말이 맞다.

슬그머니 정하얀을 바라보자 함박웃음을 짓다 못해 입꼬리가 올라간 게 눈에 보인다.

아무래도 오늘은 기분이 좋은 모양.

어제 무희가 등장할 때부터 볼을 부풀리고 있어 걱정했었는데 다행히 하룻밤 새 짜증이 풀린 것 같았다.

잠도 푹 잤는지 얼굴과 피부에 생기가 가득했다.

'피부도 엄청 탱탱하네.'

술자리를 함께했다는 게 믿기지 않을 정도였다.

마법인지 뭔지는 모르겠지만 피부에 윤기가 흐르는 게 마치 오일이라도 발라놓은 것 같이 보였고 전체적으로 기분이 좋아졌다는 느낌이 강했다.

그 모습에 나 역시 조금은 안심할 수 있었다.

안 그래도 여러 가지 일로 골머리를 앓고 있는 상황. 그나마 저런 모습을 보여주니 기쁘지 않을 수가 없다.

"어떻게…… 피곤하실 테니 이거 드시고 조금 더 주무시는 게……."

"아냐. 여기까지 와서 잠만 자기에는 조금 아까우니까. 포션 한 병 따고 적당히 움직이면 돼. 희라 누나는? 아니지. 덕구도 아직 안에 있어?"

"아. 두 분이랑 소라 씨는 밖으로 나갔어요. 붉은 용병 단원 분들도 전부다요. 오늘 하루는 라이오스를 둘러보실 생각인가 봐요. 오빠가 일어나면 연락해 달라고 하셨어요."

"그래?"

"네."

"시간은 많으니까 천천히 움직이자. 아……. 잠깐, 하얀아."

"네…… 네?"

"내가 요즘 조금 무심했지?"

"아, 아니요……. 오빠는 바쁘시니까. 하, 하실 일도 많고 이해할 수 있어요."

"이해해 줘서 고마워."

살짝 이마에 뽀뽀를 해주니 고개를 푹 숙인 게 보인다. 귀까지 붉어진 모습이 조금은 귀엽게 느껴진다.

아무튼 간에 이곳에 가만히 앉아 있을 수는 없는 노릇. 정하얀이 가져온 밍밍하고 이상한 스튜를 들이켠 뒤에는 곧바로 나갈 준비를 시작했다.

'아리스 시녀가 있으면 좋았을 텐데.'

교국의 지도자를 시녀로 부리는 그림은 내가 봐도 이해가 되지 않지만 몸이 피곤하다 보니 별 생각이 다 든다.

평소에는 확실히 부담스럽기는 했지만 이럴 때 없으니 괜스레 아쉬워 진다.

정하얀이 아무리 이쪽을 챙겨주려고 노력한다고 한들, 프로와 아마추어의 사이에는 메울 수 없는 갭이 존재한다.

마음은 고맙지만 나를 챙겨준다고 헐레벌떡 뛰어다니는 정하얀의 행동은 오히려 이쪽의 준비를 늦추고 있었다.

“슬슬 나가자.”

“네!”

“오랜만에 데이트 같네. 그렇지?”

“아! 네! 그, 그렇네요!”

‘그래. 오늘 하루는 서비스해 준다.’

어차피 이후에는 차희라와 합류해야 하겠지만 짧은 시간이라도 같이 있을 수 있다는 게 정하얀에게는 중요하리라. 안 그래도 기분 좋아 보이는 타이밍이니 여기에서 정점으로 올리는 것도 나쁘지는 않다.

당분간 조용해질 수도 있고 차희라와의 관계도 조금씩 개선시키는 것도 가능해질 것이다.

‘걱정 하나는 덜 수도 있겠는데…….’

정하얀 덕분에 이쪽까지 기분이 좋아지는 것 같은 느낌.

그렇지만.

모든 게 잘 풀릴 거라고 생각했는데.

왠지 모르게 꼬일 것 같다고 직감하기까지는 그리 오랜 시간이 걸리지 않았다.

'누나가 왜 거기서 나와?'

이제는 기억도 흐려지고 이름도 잘 기억나지 않는 사람이기는 했지만 눈앞에 보이는 여자는 굉장히 익숙하다.

처음 마주친 것은 블랙마켓에서였고 두 번째는 차희라의 폭주 때문에 도움을 받았을 때였다.

내가 알고 있는 유일한 공화국 인맥, 공화국에서 자랑하는 오호대장군의 일원으로 전설 등급의 무기, 여신을 벌한 채찍, 울드의 소유자. 내가 본 기벽 중 가장 개떡 같은 기벽을 가지고 있는 인간 중 하나였다.

'샤오린?'

황급하게 발걸음을 뒤로 돌릴 수밖에 없었다.

'슈바…….'

찔리는 게 있었기 때문이다.

86장
범의 아가리(1)

'운수 좋은 날도 아니고…….'

내 눈이 옹이구멍이 아니라면 틀림없이 샤오린이다.

마음의 눈에 비치는 정보 역시 그녀가 이전에 내가 본 사람이 틀림없다는 걸 확인시켜 준다.

스탯의 성장이 있지만 기벽도 같고 직업이나 모든 부분이 완벽하게 일치한다.

항상 끌고 다니는 똘마니들 역시 여전하다.

똘마니들 중 한 명이 들고 있는 가방에는 틀림없이 전설 등급의 무기가 들어 있을 터.

거리에 있는 가게들을 둘러보고 있는 모습이 시야에 비쳤다.

이제 막 별채를 나와 기분 좋게 라이오스를 산책하려고 했던 타이밍. 길거리에서 반갑지 않은 얼굴을 만났으니 곧바로 발걸음을 돌리는 건 자연스러운 행동이리라.

'슈바.'

가까운 시일 내에 자리를 만들겠다는 조건으로 도움을 받은 이후 벌써 1년이 넘어버린 상황.

약속 꼭 지켜.

편지가 아직도 눈앞에 아른거린다.

정하얀이나 차희라와 비슷할 정도로 머리가 돈 강자였으니 뭔 짓을 해올지 알 수 없는 것은 당연지사. 특히나 정하얀과 저 미친년을 마주치게 했다가는 중립지역에서 사고가 날 수도 있다.

정하얀은 갑작스럽게 발걸음을 돌리는 내 모습에 조금은 놀란 얼굴로 두리번거린다.

깜짝 놀랐다는 샤오린의 목소리가 들려온 것은 전혀 예상하지 못한 상황이었다.

"어?"

대놓고 놀랐다는 듯한 목소리가 길거리에 울려 퍼지는 것은 순식간이었다.

정하얀은 조금 갈피를 못 잡고 있는 것 같았지만 미친 여자의 목소리는 귀에 똑똑히 들려온다.

'눈치챘나.'

라이오스의 국민들과 관광객들로 꽉 찬 거리의 중심에서 유독 커다란 목소리가 들려와 순간적으로 정하얀의 팔을 끌어당길 수밖에 없었다.

'빨리 가자. 빨리 가.'

뒤만 바라보고 무조건 걸어가고 있었기 때문에 아직까지 저쪽이 이쪽을 발견했는지는 눈치 못 챈 상태였다.

"오빠 방금……."

"지금은 굳이 다른 사람에게 방해받고 싶지는 않아."

"아…… 오, 오빠."

공화국의 미친년과 밀회를 하기로 약속했다는 정보는 굳이 정하얀이 알 필요가 없다.

조금은 감동한 정하얀을 이끌고 사람이 몰려 있는 지역을 빠져나왔다. 어느 정도 거리가 멀어진 것 같은 느낌은 있었지만 괜스레 더 불안해진다.

'반대쪽으로 돌아가는 게 좋나.'

아니면.

'희라 누나를 바로 만나러 가는 게 좋을까.'

떨어질 수만 있다면 어느 쪽이든 상관없다고 생각했던 바로 그때 정하얀이 속삭이듯 말했다.

"저, 오빠."

"응."

"사람이 붙은 것 같아요."

"뭐?"

"저희를 뒤 따라 오는 사람들이 세 명 있어요. 정확한 위치는 가늠이 안 되지만 아까 본 사람이 데리고 있었던 사람들 같아요."

"붉은 용병의 그림자들이 아닌 게 확실해?"

"네. 그 아저씨들은 아니에요. 아까 그 여자가 데리고 있었던 사람들 같아요. 잘은 모르겠지만…… 아마 확실한 것 같아요."

'아…….'

"어떻게 할까요?"

"일단은 그냥 내버려 둬. 천천히 따돌리면 되니까. 그 사람은?"

"그 여자는 안 보이는 것 같구요. 왠지는 모르겠지만 저 사람들도 들키고 싶어 하지 않는 것 같아요. 아직도 거리가 조금 멀고요. 호, 혹시 아는 분들인가요?"

"조금……."

저쪽에서도 큰 문제를 일으키고 싶어 하지 않아 하는 것은 듣던 중에 반가운 이야기. 차라리 곧바로 찾아가 아무렇지도 않게 인사를 하는 것도 나쁘지 않을 거라는 생각이 들기는 했지만…….

'그년도 제대로 돈 년이야.'

블랙마켓의 VIP였고 눈만 봐도 제정신이 아니라는 게 느껴지는 여자다.

기벽으로 자리 잡고 있는 '목 조르는 로맨티스트'라는 말이 뭘 뜻하는 건지는 내 알 바 아니지만 이 나이에 목이 졸려 죽고 싶지는 않다. 제대로 된 정신이 박혀 있지 않은 것은 물론, 열이 오를 대로 올랐을 수도 있는 만큼 무언가 리액션이 있을 것이다.

당연하지만 정하얀은 그 리액션에 반응할 확률이 높다.

라이오스에 있는 걸 확인했으니 따로 연락을 해보는 게 좋을 거라고 생각을 정리한 것은 순식간. 일단은 이쪽 역시 저쪽을 발견하지 못한 척 빠르게 자리를 빠져나가는 게 좋을 것 같았다.

적당히 정하얀을 끌고 다니며 최대한 사람이 많은 곳으로 이동한 뒤에는 도시의 외곽을 돌아다니기 시작했다.

그 와중에 정하얀은 방해받았다고 느낀 모양인지 볼을 부풀렸지만 내가 이 데이트에 집중하지 못하는 것은 너무나도 당연하다.

정하얀은 이쪽을 미행하는 사람들을 끊임없이 실황으로 중계하고 있었고 언제 채찍을 든 미친년이 나를 찾아올지 걱정할 수밖에 없었기 때문이다.

심지어는 정하얀 역시 상당히 날이 선 상태.

린델 테러사건을 떠올려 보면 그녀가 민감해하는 것도 무리가 아니리라. 그때도 처음 시작은 이런 식이었으니까.

결국에는 이 가게, 저 가게 골목을 돌아다녔고 종종 정하얀의 마법에 도움을 받으며 미행을 떨쳐 낼 수 있었지만…….

'여기가 어디야.'

제법 멀리까지 와버린 것이 문제였다.

길을 잃은 것도 아니고 옆에는 가장 든든한 보디가드도 있는 만큼 당황하지 않았지만 돌아갈 길을 생각하니 막막하다. 라이오스를 제대로 즐길 생각에 기대하며 나왔었지만 괜스레 한숨이 튀어나올 수밖에 없는 상황이었다.

대놓고 티를 내고 있지는 않았지만 정하얀 역시 조금 씁쓸해한다. 애초에 단둘이 나온 게 굉장히 오랜만이다.

실제로 무척 기대하고 있었던 시간이었고 이번이 아니면 또 언제 시간이 날지 모르는 만큼 정하얀에게 오늘은 무척 소중한 기회라는 생각이 들었을 것이다.

행복했던 계획이 뜻밖의 불청객에게 방해를 받은 셈.

"다음에 또 나오는 게 좋겠다. 오늘은 조금 정신이 없었네."

"네…… 오빠."

정리하자면 정하얀의 기분을 좋게 만들어준다는 최초의 목적은 이미 무너진 상태라는 거다.

괜찮은 곳에서 식사라도 하는 게 그나마 정하얀의 기분이 풀리는 데 도움이 되기를 기도할 수밖에 없었다.

근처 괜찮은 곳 역시 전부 영업을 하고 있었고 때 마침 식사할 때가 됐다는 생각이 들었기 때문에 정하얀의 손을 잡고 적당한 곳으로 발걸음을 옮길 수 있었다.

'희라 누나한테는 또 뭐라고 말하나.'

정하얀의 기분을 풀어줘야 하는 만큼 차희라에게도 시간을 쓸 생각을 하니 머리가 아프다.

적당한 곳을 결정하고 안으로 들어서자 시야에 비치는 내부가 꽤나 마음에 든다.

나름대로 고급스러운 느낌도 있었고 사람들로 꽉 채워진 좌석 역시 괜찮아 보인다.

조금 이상했던 것은 갈색 피부를 가진 라이오스 인들이 아닌 검은 머리를 하고 있는 이들이 많았다는 것. 심지어 교국민들과는 조금 다른 듯한 느낌의 백인들 역시 눈에 띈다.

'이건 또 뭐야……'

뭔가 잘못됐다는 걸 깨닫는 것은 순식간. 불안한 내 마음을 대변하듯 마음의 눈은 재빠르게 반응한다.

[플레이어 발렌틴 알렉산드로의 상태창과 잠재 능력을 확인합니다.]

[이름-발렌틴 알렉산드로]

[칭호-로나프의 괴물, 로나프의 학살자, 공화국의 오호대장군]

[나이-39]

[성향-단순무식한 살인자]

[직업-로나프의 싸움꾼-영웅 등급]

[직업효과-기초 무투 지식 습득]

[직업효과-중급 무투 지식 습득]

[직업효과-고급 무투 지식 습득]

[직업효과-고급 마력 운용 지식 습득]

[능력치]

[근력-97/성장한계치 전설 이상]

[민첩-89/성장한계치 전설 이상]

[체력-91/성장한계치 전설 이상]

[지력-31/성장한계치 일반 이하]

[내구-87/성장한계치 영웅 이상]

[행운-32/성장한계치 일반 이하]

[마력-61/성장한계치 영웅 이상]

[특성-분노조절-전설 등급]

[총평-낮은 마력이 아쉽기는 하지만 근력과 민첩, 체력이 훌륭하게 밸런스를 맞추고 있습니다. 성향과 기벽이 둘 다 별로 좋지 않습니다. 저런 사람과 오랜 시간을 함께하는 건 굳이 추천 드리지 않겠습니다. 플레이어 이기영이 빨리 죽고 싶지 않다면 말입니다.]

'미친…….'

눈에 띄는 것은 박덕구만큼 커다란 덩치를 가지고 있는 백인, 아니, 앉아 있는 모습만 봐도 녀석보다 한 뼘은 더 커 보이는 느낌이다.

얼굴에는 길게 상처가 나 있었는데 안 그래도 험악한 인상을 더 쓰레기 같이 만들어주고 있었다.

흔하지 않은 무투가인 것 같았고 직업 효과로 고급 마력 운용 지식을 가지고 있는 걸로 봐서는 이미 경지에 들어선 것으로 보였다.

성향 자체도 위험해 보이기는 했지만 그 무엇보다 신경 쓰이는 것은 공화국의 오호 대장군이라는 칭호였다.

'슈바…….'

녀석 말고도 눈에 띄는 이가 한 명 더 있다.

테이블의 중심에 앉아 있는 녀석이었고 검은 머리에 나와 비슷한 체형을 가지고 있는 인물. 저쪽은 중국인이 틀림없으리라.

조금은 야비해 보이는 이쪽과 다르게 편안한 인상이 눈에 띄었지만 능력치는 편안하게 보이지는 않았다.

[플레이어 진청의 상태창과 잠재 능력을 확인합니다.]

[이름-진청]

[칭호-책사, 전장 위의 현자, 공화국의 오호대장군]

[나이-30]

[성향-계획적인 전술가]

[직업-군단 마도사-전설 등급]

[직업효과-기초 마법 지식 습득]

[직업효과-중급 마법 지식 습득]

[직업효과-고급 마법 지식 습득]

[직업효과-고급 소환 지식 습득]

[직업효과-고급 마력 운용 지식 습득]

[능력치]

[근력-65/성장한계치 영웅 이상]

[민첩-75/성장한계치 전설 이상]

[체력-89/성장한계치 희귀 이상]

[지력-99/성장한계치 영웅 이상]

[내구-77/성장한계치 희귀 이상]

[행운-67/성장한계치 영웅 이하]

[마력-97/성장한계치 영웅 이상]

[특성-열람이 불가능합니다.]

[총평-완벽한 밸런스를 가지고 있는 마도사입니다. 플레이어 이기영과 비교하는 것조차 미안해질 정도의 스탯과 잠재 능력이 눈에 띄지만 굳이 언급하지는 않겠습니다. 아쉽게도 마력 수치는 더 이상의 성장이 불가능해 보이기는 하지만 99의 지력 수치와 높은 기본 스탯이 그 단점을 상쇄시키고도 남을 정도입니다.]

남은 한 명 역시 공화국의 오호대장군이란다.

그 외의 떨거지들 역시 대충 봐도 상당한 실력자.

'회식이라도 하는 거야, 뭐야.'

어서 빨리 이 장소를 벗어나야겠다는 생각이 드는 것이 당연지사.

눈치 없는 정하얀은 이쪽의 얼굴을 보고서는 빨리 들어가자는 듯이 이쪽을 재촉하고 있었지만 발걸음이 떨어지지 않는다.

안 그래도 갑작스러운 손님의 등장에 이쪽으로 묘하게 시선이 쏠려 있는 상황. 박덕구보다 덩치가 커다란 러시아인도 그렇고 마법사로서 말도 안 되는 스탯을 가지고 있다고 생각한 중국인 역시 이쪽을 바라보고 있었다.

'알아보지 못하는 게 이상한 건가.'

어쩌면 알아보지 못할 거라 생각하기도 했지만 이쪽의 얼굴은 생각보다 털렸을 가능성이 높다.

아니, 굳이 그게 아니더라도 내가 교국의 인물이라는 것 정도는 예상하고 있을 가능성이 크다.

가장 처음 몸을 일으킨 것은 커다란 몸을 가지고 있는 발렌틴 알렉산드로. 과장하지 않고 이쪽의 세 배는 될 것 같은 덩치가 눈에 띈다.

"제국인, 아니, 이제는 교국인인가."

가래가 끓는 듯한 목소리는 듣기가 거북하다.

중국인 진청은 테이블을 툭툭 건드리며 이쪽을 바라보고 있었는데 얼굴에는 재미있다는 표정이 역력했다.

다른 이들은 모르겠지만 최소한 저 자식은 이쪽을 알고 있는 것 같은 느낌.

낌새가 이상하다는 걸 눈치챈 정하얀이 서서히 마력을 풀고 있는 게 느껴져 일단은 손을 꽉 잡을 수밖에 없었다.

이쪽은 둘이고 저쪽은 다수다.

심지어 공화국의 오호 대장군이라는 게 두 명이고, 정하얀은 모르겠지만 당장 나는 전력으로 취급받기가 힘들다.

만약에 싸움이 난다면 무조건 죽는 건 이쪽이라는 거다.

'중립 지역이지만…….'

전투가 일어나지 않은 보장은 없다. 엎친 데 덮친 격인지는 모르겠지만 심지어 뒤 쪽에서는 익숙한 목소리가 들려오기 시작.

"병신 같은 새끼들. 그걸 놓쳐? 쓸모없는 놈들. 쓰레기 같은 놈들."

'제기랄…….'

퇴로까지 완전히 차단당했다.

벌컥 문을 열리고 모습을 드러낸 것은 예의 그 채찍녀.

저쪽의 입장에서는 황당하겠지만 얼굴에 철판을 깔고 입을 열 수밖에 없었다.

"샤오린 님, 여기 계셨군요!"

"당신……."

"얼마나 찾아다녔는지 모릅니다. 하하하."

반응은 그다지 좋지 않았지만 말이다.

"아름다운 미모도 여전하십니다."

오늘 하루 행복해야 할 정하얀이 사정없이 표정을 구기고 있었다.

to be continued

Wish Books
만렙 플레이어
비츄 게임 판타지 장편소설
가상현실 게임 올림푸스에 드디어 입성했다.
그런데…… 납치라고!?
강제로시작된 20년간의 지옥 같은 수련 끝에
마침내 레벨 99가 되었다.
그렇게 자유를 만끽하려던 순간.
정상적인 경로를 통한 레벨 업이 아닙니다.
시스템 오류로 레벨이 초기화됐다.
"이게 무슨 개 같은 소리야!!"
그런데, 스탯은 그대로다?!
게다가 SSS급 퀘스트까지!
한주혁의 플레이어 생활은
이제부터가 시작이다!

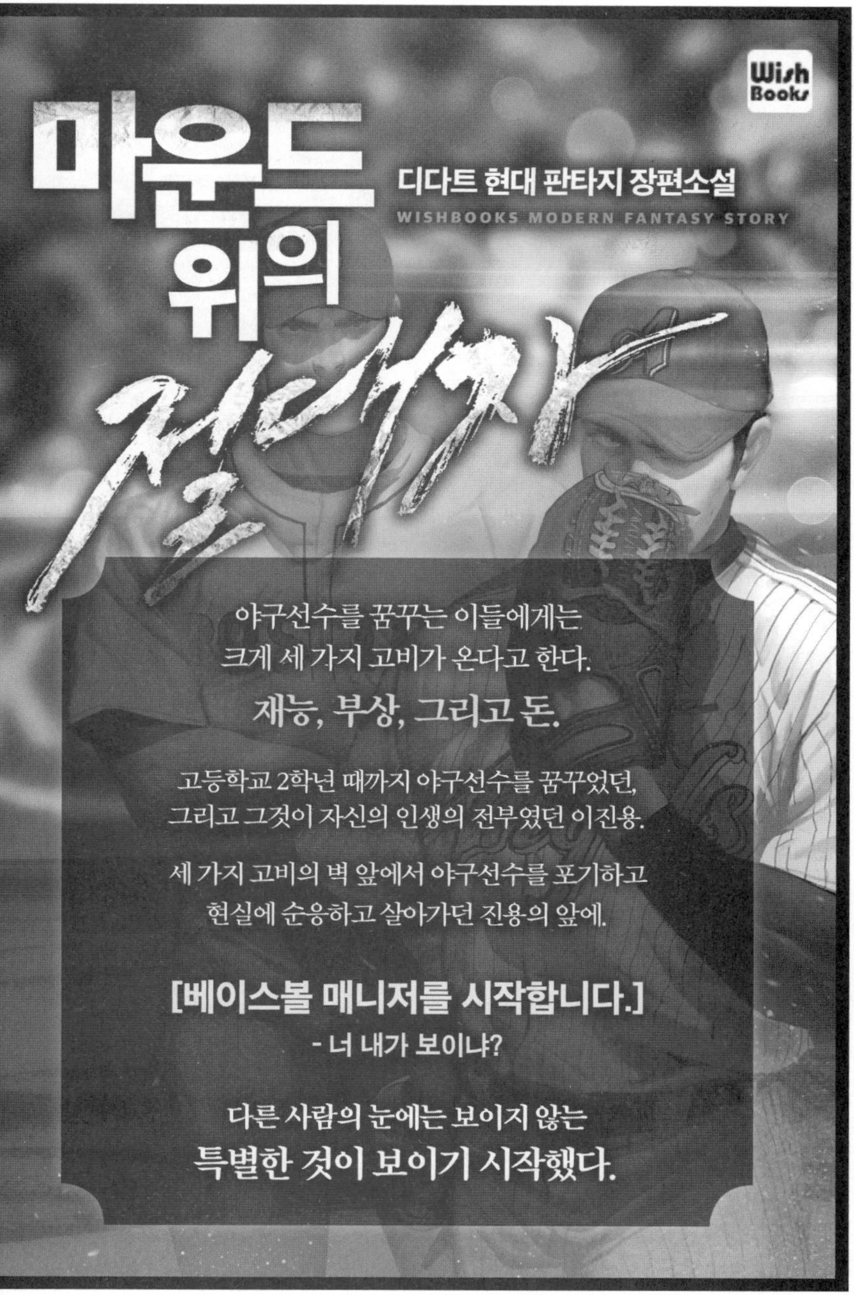
Wish Books
마운드 위의 절대자
디다트 현대 판타지 장편소설
WISHBOOKS MODERN FANTASY STORY
야구선수를 꿈꾸는 이들에게는
크게 세 가지 고비가 온다고 한다.
재능, 부상, 그리고 돈.
고등학교 2학년 때까지 야구선수를 꿈꾸었던,
그리고 그것이 자신의 인생의 전부였던 이진용.
세 가지 고비의 벽 앞에서 야구선수를 포기하고
현실에 순응하고 살아가던 진용의 앞에.
[베이스볼 매니저를 시작합니다.]
- 너 내가 보이냐?
다른 사람의 눈에는 보이지 않는
특별한 것이 보이기 시작했다.

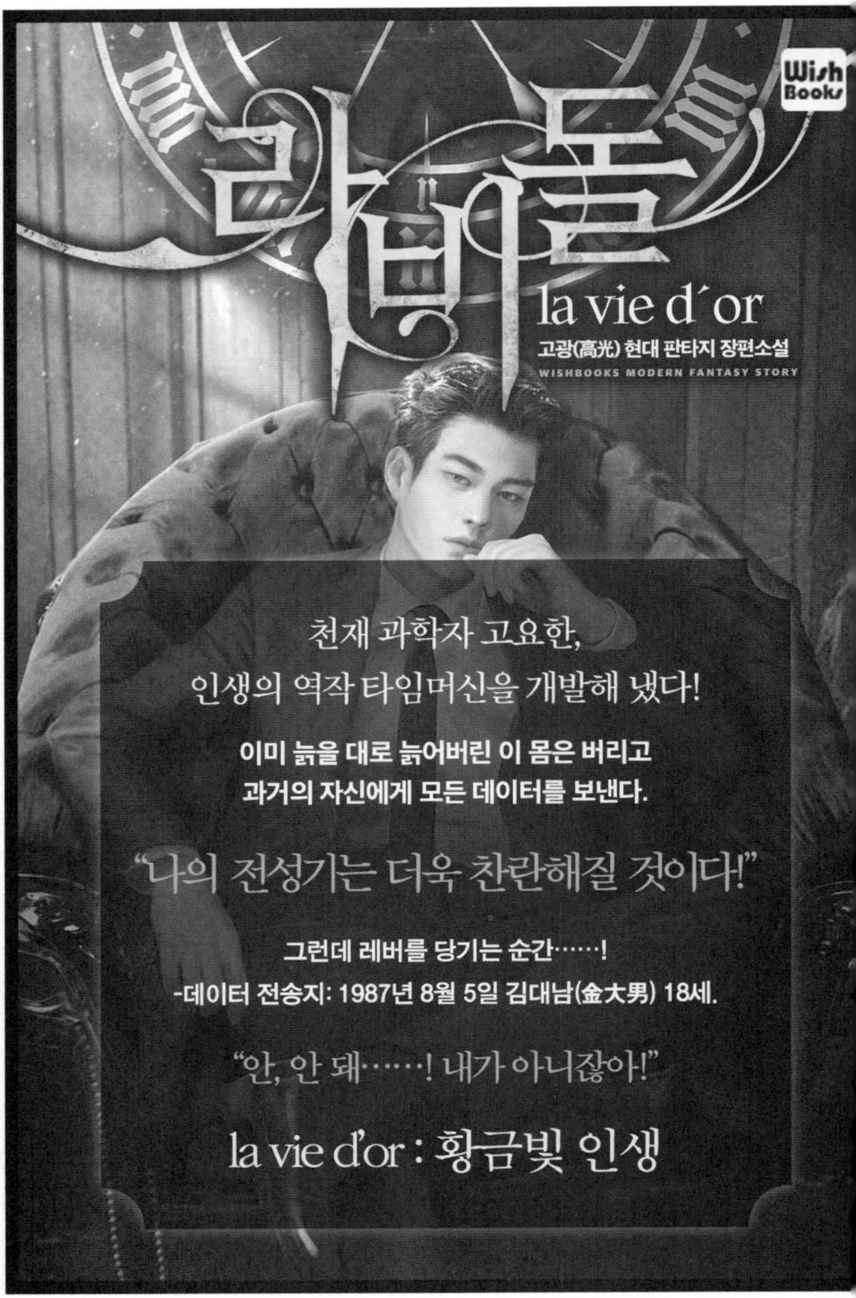
Wish Books
라비도르
la vie d´or
고광(高光) 현대 판타지 장편소설
WISHBOOKS MODERN FANTASY STORY
천재 과학자 고요한,
인생의 역작 타임머신을 개발해 냈다!
이미 늙을 대로 늙어버린 이 몸은 버리고
과거의 자신에게 모든 데이터를 보낸다.
"나의 전성기는 더욱 찬란해질 것이다!"
그런데 레버를 당기는 순간……!
-데이터 전송지: 1987년 8월 5일 김대남(金大男) 18세.
"안, 안 돼……! 내가 아니잖아!"
la vie d'or : 황금빛 인생

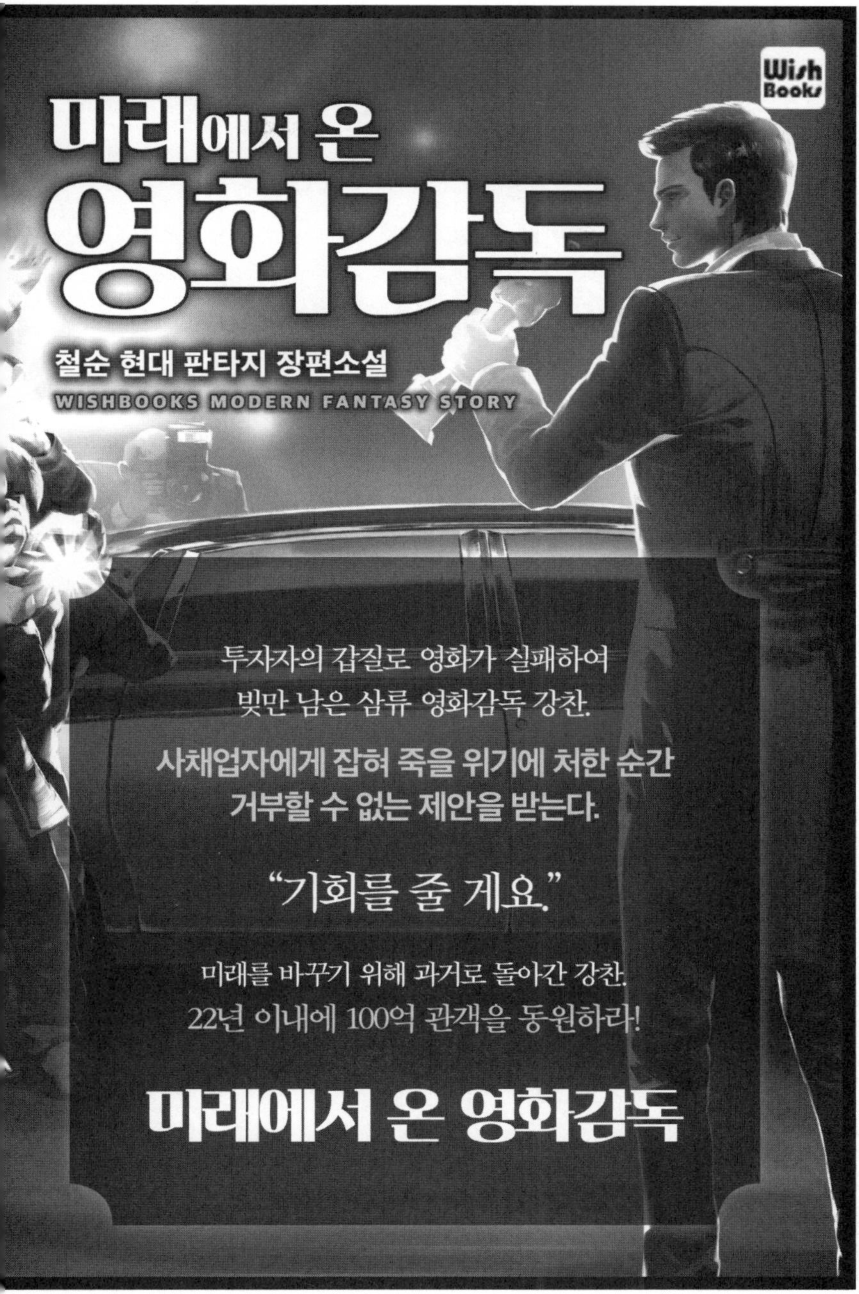

Wish Books
미래에서 온 영화감독
철순 현대 판타지 장편소설
WISHBOOKS MODERN FANTASY STORY
투자자의 갑질로 영화가 실패하여
빚만 남은 삼류 영화감독 강찬.
사채업자에게 잡혀 죽을 위기에 처한 순간
거부할 수 없는 제안을 받는다.
"기회를 줄 게요."
미래를 바꾸기 위해 과거로 돌아간 강찬.
22년 이내에 100억 관객을 동원하라!
미래에서 온 영화감독

Wish Books
맛김 현대 판타지 장편소설
WISHBOOKS MODERN FANTASY STORY
책 먹는 배우님
"재희야, 너는 왜 대본을 항상 두 권씩 챙기냐?"
하나는 촬영장에 들고 다니며 남들에게 보여주는 용도.
또 다른 하나는
[드라마 <청춘열차>가 흡수 가능합니다.]
[대본을 흡수하시겠습니까?]
내가 먹을 용도로 쓰인다.
나는 대본을 집어삼켜, 오로지 내 것으로 만든다.
책 먹는 배우님
대본을 101% 흡수할 수 있는 배우,
재희의 이야기.

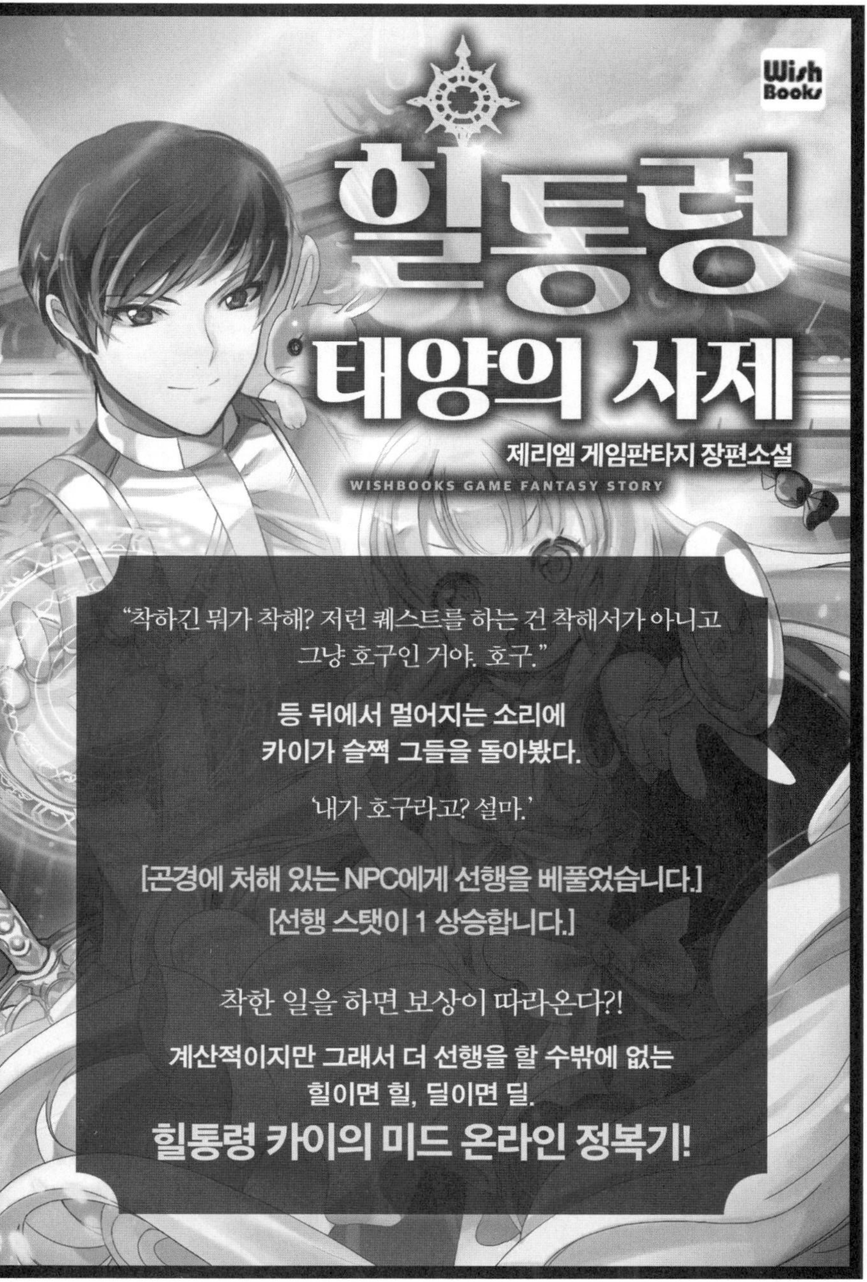
Wish Books
힐통령
태양의 사제
제리엠 게임판타지 장편소설
WISHBOOKS GAME FANTASY STORY
"착하긴 뭐가 착해? 저런 퀘스트를 하는 건 착해서가 아니고 그냥 호구인 거야. 호구."
등 뒤에서 멀어지는 소리에 카이가 슬쩍 그들을 돌아봤다.
'내가 호구라고? 설마.'
[곤경에 처해 있는 NPC에게 선행을 베풀었습니다.]
[선행 스탯이 1 상승합니다.]
착한 일을 하면 보상이 따라온다?!
계산적이지만 그래서 더 선행을 할 수밖에 없는
힐이면 힐, 딜이면 딜.
힐통령 카이의 미드 온라인 정복기!

Wish Books
OTHER VOICES
악마의 음악
WISHBOOKS MODERN FANTASY STORY
경우勁雨 현대 판타지 장편소설
[악마의 목소리가 담긴 음악으로
세상에 행복을 줄 수 있을까?]
지미 헨드릭스부터 라흐마니노프까지
꿈속에서 만나는 역사적 뮤지션!
노래를 사랑하는 소년에게 나타난 악마.
그런 소년에게 내려진 악마들의 축복.
악마의 음악
수많은 악마의 축복 속에서
세상을 향한 소년의 노래가 시작된다.